Roberts wundersame Heilung

Lumira

Roberts wundersame Heilung

Eine spirituelle Erzählung

Allinti

Umschlaggestaltung: Guter Punkt, München
Umschlagmotiv: Marianne D./shutterstock
Satz und Layout: Amman Fotosatz, Aichstetten
Druck und Bindung: Durabo, Čelákovice
Printed in Czech Republic
Gedruckt auf säurefreiem, chlorfrei gebleichten Papier

ISBN 978-3-905836-14-1

www.allinti.ch

Widmung

Dies Buch widme ich all den tapferen Kindern, die ich während meiner Tätigkeit in der Jugendhilfe kennenlernen durfte und die ein ähnliches Schicksal hatten. Ganz besonderes meinem kleinem Freund N., der mich letztlich dazu bewogen hat, diese Geschichte aufzuschreiben.

Lumira

1

Anna wachte um Mitternacht auf, weil sie starke stechende Schmerzen im Unterleib hatte.

»Ich glaube, es ist so weit, das Baby kommt bald«, sagte sie leise zu sich selbst. Dann lauter zu ihrem Mann, der neben ihr im Bett noch unschuldig vor sich hin schnarchte: »David, wach auf, Schatz. Wir müssen ins Krankenhaus.«

David holte den Wagen und fuhr zur Frauenklinik. Innerlich zitterte er vor Aufregung, aber äußerlich versuchte er ganz ruhig zu bleiben. Schließlich wollte er es Anna nicht noch schwerer machen. Die saß derweilen zusammengekrümmt auf dem Rücksitz und stöhnte jedes Mal auf, wenn eine neue Wehe kam.

»Halte durch, Liebling, wir sind bald da«, sagte er so ruhig wie möglich, um seine Frau aufzumuntern.

Nach zwanzig langen Minuten, die ihnen wie eine Ewigkeit vorkamen, ereichten sie endlich das Krankenhaus.

Dort ging dann alles sehr schnell. Sie wurden professionell und freundlich empfangen und schon nach wenigen Minuten lag Anna im Aufnahmezimmer der Entbindungsstation, wo sich eine nette Krankenschwester um sie kümmerte. Sie überprüfte Annas Blutdruck, ihre Körpertemperatur und schloss sie dann an eine Maschine an, um die Herztöne des Kindes zu kontrollieren. Die Krankenschwester versicherte Anna, dass alles in bester Ordnung sei und dass der Arzt gleich käme, um sie zu untersuchen.

Angespannt und von banger Vorahnung erfüllt, horchte Anna auf die Herztöne ihres Kindes, die laut piepsend von der Maschine wiedergegeben wurden. Die Schmerzen im Unterleib wurden mit der Zeit immer heftiger und hielten länger an. David saß neben ihr und hielt ihre Hand. Er konnte es kaum ertragen, seine Frau so hilflos zu sehen, aber noch schlimmer war, dass er sich so überflüssig fühlte.

Mittlerweile war eine ganze Stunde vergangen und der Arzt war noch immer nicht erschienen. Die nette Krankenschwester sagte, dass er gerade bei einer schwierigen Entbindung sei, aber eine Hebamme würde gleich kommen und sich um Anna kümmern.

Deren Wehen wurden mit der Zeit immer heftiger und hielten länger an, so dass sie jedes Mal vor Schmerz laut aufschrie.

»Haben Sie denn nur einen einzigen Arzt auf der ganzen Station? Was ist denn das nur für ein Krankenhaus?« regte sich David auf, dem der Schweiß auf der Stirn stand, so sehr beunruhigte ihn die Situation. Er konnte nicht verstehen, warum der Arzt immer noch nicht da war. Die Krankenschwester versuchte ihn zu beruhigen. »Es kommt sicher gleich jemand.«

Endlich kam eine Hebamme und entschuldigte sich, dass es so lange gedauert hätte. Sie erklärte, dass es bei der anderen Geburt Komplikationen gegeben hatte und deswegen alle Ärzte auf der Station im Einsatz seien.

Die Hebamme untersuchte Anna. Als sie aufsah, bemerkte David, wie sie einen besorgten Blick mit der Krankenschwester wechselte. »Was ist denn los?« fragte er aufs Höchste beunruhigt.

»Ihre Frau muss sofort ins OP«, sagte die Hebamme ernst und fing an zu telefonieren, während die Krankenschwester nach ihren Anweisungen irgendwelche Sachen vorbereitete.

Anna nahm mittlerweile gar nichts mehr davon wahr. Sie spürte nur die unerträglichen Schmerzen und die schreckliche Angst um ihr Kind. Sie bekam nicht mehr mit, wie sie in den Operationssaal geschoben wurde. Sie sah weder die Tränen in Davids Augen noch den alarmierten Gesichtsausdruck der Hebamme. Und dann wurde ihr schwarz vor Augen und sie fiel in ein gnädiges Dunkel.

Was ist das? Was geschieht mit mir? Es fühlt sich nicht gut an, ich will das nicht! Wo bin ich? Ich will zurück an den Ort, wo es so schön warm und kuschelig war, dort war ich sicher. Hier ist es so kalt! Alles ist so grell, so laut. Ich kann das Herz meiner Mama nicht mehr hören. Mama wo bist du? Ich will zu meiner Mama! Mama!

Anna schlug die Augen auf. Als sie mühsam den Kopf gedreht hatte, sah sie, dass sie in einem Krankenhausbett lag. Über ihrem Kopf hingen Flaschen mit Flüssigkeiten, die langsam in einen Schlauch tröpfelten, der in ihrem Arm steckte. Anna bewegte ihren Arm und spürte an dem ziehenden Schmerz, dass der Schlauch an eine Vene angeschlossen sein musste. Als sie sich weiter umschaute, sah sie ihren Mann schlafend auf einem Stuhl neben ihrem Bett hocken. Er sah total erschöpft aus. Plötzlich schossen ihr Erinnerungen an die letzte Nacht durch den Kopf.

»David!« wollte sie ihrem Mann zurufen, brachte aber nur ein heiseres Krächzen zustande. Sie versuchte es noch einmal, diesmal mit mehr Erfolg. »David, wach auf!«

Ihr Mann schlug sofort die Augen auf und nahm ihre Hand in seine.

»Was ist passiert, Schatz? Ich kann mich an nichts erinnern«, sagte sie benommen. »Wo ist unser Baby?«

David schaute seine Frau traurig an und fing an zu weinen.

»Was ist? Erzähl mir doch, was geschehen ist!« Anna wurde vor Angst fast verrückt.

»Anna, Liebling, ich weiß nicht, wie ich es dir sagen soll. Unser Baby...«, stammelte er.

»Was ist los?« schrie sie verzweifelt. »Wo ist mein Kind? Ich will es sehen.«

»Anna, du musst jetzt ganz stark sein. Unser Baby ... Also, unser Sohn ... Er ist in einem anderen Krankenhaus. Er wurde zur Kinderklinik gebracht. Die Ärzte haben gesagt, dass er dort viel, viel besser aufgehoben sei, weil er unbedingt eine spezielle Behandlung braucht.«

»Was denn für eine spezielle Behandlung? Was ist mit ihm? Sag schon, lass dir nicht alles aus der Nase ziehen!«

»Weißt du Schatz, bei der Geburt ist eine Menge schief gelaufen... Unser Sohn... Er hat's sehr schwer gehabt. Die Ärzte wissen nicht, ob er überhaupt überleben wird. Und wenn, dann ist die Chance sehr gering, dass er normal sein wird.«

»Was heißt denn das? Ich verstehe überhaupt nicht, wovon du da redest. Was meinst du mit ›normal‹?«

»Anna, wenn unser Sohn überlebt, wird er höchstwahrscheinlich behindert sein.«

»Nein! Nein, lieber Gott, nein! Das glaube ich nicht, ich will das nicht glauben! Sag mir, dass das alles nicht wahr ist.«

Aber David wandte sich ab. Er konnte seiner Frau nicht mehr ins Gesicht sehen.

2

»Mir gefällt das überhaupt nicht, Schatz, ich kann nicht glauben, dass unser Robert so ein hoffnungsloser Fall sein soll, wie die Ärzte sagen. Ich glaube fest daran, dass unser Sohn einmal ganz gesund sein wird«, sagte Anna ihrem Mann leicht verärgert. David erwiderte nichts, aber sein Blick sprach eine deutliche Sprache.

Anna dachte einen Augenblick lang nach. Dann fuhr sie fort: »Weißt du noch, was mir die Wahrsagerin damals gesagt hat? Sie sagte, dass Robert bis zu seinem neunten Lebensjahr ganz gesund sein wird.«

»Anna, du glaubst doch wohl nicht im Ernst daran, was dir irgend so eine verrückte Frau einmal gesagt hat. Du kannst doch ihr nicht mehr Glauben schenken als den Ärzten, die doch wirklich alles versucht haben. Du solltest dich besser damit abfinden, dass Robert immer eine Belastung für uns sein wird.«

»Das will ich aber nicht. Und ja, ich kann ihr sehr wohl mehr Glauben schenken! Und übrigens finde ich überhaupt nicht, dass sie verrückt ist. Sie ist eine sehr weise Frau, ich will ihr glauben. Der Glaube, dass Robert eines Tages gesund sein wird, gibt mir Hoffnung und die Kraft weiterzumachen. Ich werde auch weiter fest daran glauben, dass diese Frau die Zukunft sehen kann. Sie hat gesehen, dass unserer Sohn einmal ganz gesund sein wird.«

Robert seufzte. Wie oft hatten sie diese Diskussionen schon geführt. Er wischte sich müde übers Gesicht. »Anna, ich verstehe dich ja sehr gut. Aber was machst du, wenn unser Robert in zwei Jahren immer noch nicht sprechen kann? Und wenn er nicht stehen, sitzen oder gehen kann? Was machst du dann?«

Er nahm ihre Hand. »Weißt du, genau davor habe ich Angst. Wenn er an seinem neunten Geburtstag nicht gesund ist, was machst du dann? Wirst du das verkraften können? Ich will doch nur, dass du nicht wieder so enttäuscht wirst.«

Jetzt streiten sie sich schon wieder. Und alles nur wegen mir. Wäre ich bloß nie geboren worden. Ich bin nur eine Last für meine Eltern. Bevor sie mich bekamen, waren sie glücklich. Und jetzt?

Last. So ein komisches Wort, aber genau so hat mich unsere Nachbarin Frau Pechig einmal genannt.

Aber ich kann doch nichts dafür. Vielleicht werde ich ja wirklich einmal ganz gesund, wie meine Mama es sich wünscht. Ich will sie auf gar keinen Fall enttäuschen. Sie wird natürlich sehr traurig sein, wenn die Prophezeiung nicht eintrifft. Ich wünsche es mir doch auch mehr als alles andere auf der Welt.

Es wäre doch so toll, wenn ich einmal wie die anderen Menschen sprechen könnte. Dann könnte ich endlich mit meiner Mama und meinem Papa reden. Es gibt so vieles, was ich sie fragen würde. Aber am meisten sehne ich mich danach, meine Hände benützen zu können. Was für ein tolles Gefühl es sein muss, etwas mit den eigenen Händen zu greifen, genau da, wo ich es will.

Ich glaube, wenn ich einmal meine Hände kontrollieren kann, dann werde ich mir als erstes einen Apfel aufschneiden. So wie meine Mama es jetzt für mich tut. Ich werde ganz kleine Stückchen abschneiden und sie mir eins nach dem andern in den Mund stecken. Was wird die Mama sich freuen, wenn ich das kann! Dann wird sie mir auch bestimmt nicht mehr das Messer wegnehmen und mit mir schimpfen.

In diesem Augenblick unterbrach eine helle Stimme seine Gedankengänge. »Hallo Robert, nett, wie du mit dir selbst sprichst.«

Robert schreckte aus seinen Gedanken auf und versuchte sich umzuschauen, so gut es sein Körper zuließ. Er lag wie jeden Tag in seinem Bett. Die Mama brachte ihn immer ins Bett, nachdem sie ihn gefüttert hatte – zum Ausruhen, wie sie es nannte. Robert wusste natürlich, dass sie es war, die sich ausruhen musste.

Und normalerweise blieb er bis zu zwei Stunden ruhig liegen. Oft schlief er dabei ein und träumte, dass er gehen und sogar laufen konnte. Aber manchmal hatte er keine Lust zum Schlafen und dann lag er einfach so rum und dachte über alles Mögliche nach.

»He, weißt du denn nicht, dass es ausgesprochen unhöflich ist, nicht zu antworten, wenn man angesprochen wird?«

Woher kommt diese Stimme? Wer ist denn da?, dachte Robert. Er war ganz aufgeregt.

»Typisch Junge, überhaupt keine Manieren!«

Robert sah zu seiner Überraschung mitten in seinem Zimmer ein Mädchen stehen. Sie sah so hübsch aus, dass er erst nicht glauben konnte, dass sie wirklich vor ihm stand. Er kniff die Augen zu, aber als er sie wieder öffnete, stand sie immer noch da.

Das hübsche Mädchen hatte lange blonde Locken, große blaue Augen mit langen schwarzen Wimpern und rosarote Lippen. Sie trug ein langes hellblaues Kleid, das mit vielen glitzernden Steinen und Perlen bestickt war. In ihren schönen weißen Händen hielt sie einen Blumenstrauß aus weißen Rosen.

Er blinzelte wieder. *Ob die wohl echt ist?*, fragte er sich in Gedanken, als er sie immer noch sehen konnte.

»So echt wie du«, antwortete sie heiter.

Die sieht ja wie eine Prinzessin aus! Bestimmt ist sie auch eine.

»Oh, danke fürs Kompliment.« Das Mädchen machte einen überaus grazilen Knicks.

»Ich bin Nina«, sagte sie dann freundlich. »Wie findest du meinen Blumenstrauß? Er ist hübsch, nicht wahr?«

Robert starrte das Mädchen ungläubig an. *Ich muss träumen, anders kann ich mir das nicht erklären*, dachte er.

»Wieso? Sehe ich vielleicht wie ein Traum aus? Ich empfinde mich als völlig real, also bin ich sicher nicht dein Traum.«

Schade, dass ich meiner Mama nichts davon erzählen kann. Aber wenn ich erst mal sprechen gelernt habe, dann erzähle ich es ihr ganz bestimmt.

»Warum antwortest du mir eigentlich nicht? Hat deine Mama dir denn überhaupt keine Manieren beigebracht? Wenn man jemanden zum ersten Mal sieht, stellt man sich vor und fragt dann höflich, wie es ihm geht.«

Spricht sie etwa mit mir? Kann sie meine Gedanken hören?

Robert war aufgeregt und verwirrt.

»Natürlich spreche ich mit dir! Mit wem denn wohl sonst? Siehst du noch jemanden hier? Und hör endlich auf so zu tun, als ob ich ein Traum wäre.«

Sie kann tatsächlich hören, was ich denke. Er versuchte ihr einen Gedanken zu schicken. »Kannst du wirklich hören, was ich sage?«

»Was bist du nur für ein dummer Junge! Natürlich kann ich dich hören, ich bin doch nicht taub.«

»Wirklich? Aber dann bist du die Erste, die versteht, was ich sage. Ich habe schon so oft versucht, meiner Mama etwas zu sagen, aber sie verdreht immer nur die Augen und sagt zu meinem Papa, dass sie aus den Lauten, die aus meinem Mund kommen, einfach nicht schlau wird. Ich hab sogar schon ganz, ganz laut geschrieen, aber sie hat mich trotzdem nicht verstanden. Wie kommt es, dass du mich verstehen kannst?«

»Na ja, sagen wir mal, ich habe eine besondere Begabung dafür.«

»Toll!«

Nina ging zum Nachttisch hinüber, wo verwunderlicher Weise plötzlich eine außergewöhnlich schöne Blumenvase stand, die in allen Regenbogenfarben leuchtete. Sie steckte die Blumen in die seltsame Vase. Sie passten perfekt hinein und fingen selbst an zu leuchten.

»Sagst du mir nun endlich deinen Namen?«

»Oh, entschuldige bitte, ich heiße Robert. Robert Kopp.«

»Freut mich sehr dich kennen zu lernen, Robert. Ich meine natürlich, Robert Kopp«, fügte sie mit einem spitzbübischen Lächeln hinzu.

»Ich freue mich auch, Nina, sehr sogar. Ich kann es noch gar nicht glauben, dass ich mich endlich mal mit jemandem unterhalten kann.«

»Dann fang besser an, dich daran zu gewöhnen. Glaube an deine Wahrnehmungen.«

In diesem Augenblick ging die Tür auf und Roberts Mutter kam herein.

»Na, mein kleiner Schatz, bist du schon wach?«, fragte sie und marschierte an Nina vorbei, als ob diese gar nicht da wäre.

»Möchtest du etwas trinken? Natürlich, du musst ja jetzt ganz durstig sein.«

Roberts Mutter ging zum Nachttisch, nahm einen Trinkbecher und ein Mundtuch und setzte sich aufs Bett. Sie schien die merkwürdige Vase mit den Rosen nicht zu bemerken. Mit routiniertem Griff zog sie ihren Sohn an sich und setzte ihn auf ihren Schoß.

Lass das, Mama, ich mag das nicht, wenn wir Besuch haben. Kann ich nicht vielleicht später trinken?, dachte Robert, aber kein Wort kam über seine Lippen.

»So, mein Liebling, jetzt mach schön den Mund auf«, sagte seine Mutter und nahm den Trinkbecher in die Hand. Vorsichtig goss sie etwas Flüssigkeit in Roberts Mund. Robert musste schlucken, ob er wollte oder nicht.

Lass das! Ich will jetzt nicht!

»Komm, mein Kleiner, sei schön brav. Nur noch einen Schluck.«

Als seine Mutter noch mehr Apfelsaft in seinen Mund goss, verschluckte sich Robert heftig und fing an zu husten. Dabei spuckte er den Saft wieder aus.

Seine Mutter seufzte und machte sich resigniert daran, ihm das Gesicht und den Pullover abzuwischen. Es gab eben diese besonderen Tage, da klappte gar nichts.

»He, was ist denn mit dir los, hast du gar keinen Durst? Na gut, jetzt geht's ins Wohnzimmer, gleich fängt dein Lieblingstrickfilm an.«

Aber ich will nicht fernsehen, wenn wir Besuch haben. Das ist doch unhöflich.

Anna nahm ihren Sohn hoch, gab ihm einen Kuss auf die Wange und trug ihn ins Wohnzimmer. Dort setzte sie ihn in den Kinderwagen, schnallte ihn an und stellte den Wagen so, dass Robert den Fernsehapparat im Blickfeld hatte.

Ich will aber nicht fernsehen, Mama, ich will mich viel lieber mit Nina unterhalten.

Nina trat zu Robert an den Wagen und sagte eindringlich: »Dummchen, deine Mama hört dich doch nicht.«

»Ja, aber dich kann sie doch hören! Sie kann dich doch hören, oder? Sag ihr bitte, dass ich jetzt keine Lust habe fernzusehen und dass ich mich lieber mit dir unterhalten möchte.«

»Das kann ich nicht, Robert.«

»Wieso, du kannst doch sprechen, du bewegst doch dabei deine Lippen! Sie wird dich verstehen.«

»Ich bewege meine Lippen nur, weil ich sie bewegen will, weil ich finde, dass das Sprechen so besser aussieht. Aber ich kann auch so wie du sprechen, ohne meine Lippen zu bewegen. Schau, so wie jetzt.«

Nina sprach den Satz, ohne die Lippen zu bewegen, und Robert hörte sie genau so gut wie vorher.

Mittlerweile hatte Anna den Fernseher eingeschaltet. »Schau mein Schatz, es hat gerade angefangen. Warte, ich stell dir den Ton ein bisschen lauter.«

Nein, Mama, nein! – Robert schrie es so laut er konnte. »Nina, sag ihr doch, sie soll damit aufhören!«

»Das kann ich nicht, Robert, denn deine Mama kann mich nicht hören. Genauer gesagt, kann sie mich nicht einmal sehen.«

»Ist das wahr? Und wieso kann ich es?«

»Weil ich es so will, deshalb kannst du mich sehen.«

»Du willst, dass ich dich sehe, also kann ich es?«

»Ja, ich will es.«

»Und wieso willst du nicht, dass meine Mama dich sehen kann?«

»Weil sie mich nicht sehen könnte, selbst wenn ich es wollte.«

Robert war verblüfft. »Wieso denn das?«

»Weil ich nicht in ihr Weltbild passe, deswegen bin ich für sie unsichtbar.«

Robert dachte einen Augenblick nach. Dann fragte er: »Was ist ein Weltbild?«

»Das heißt, dass sie nur das sieht, was sie glaubt sehen zu können und nicht mehr.«

»Das versteh ich nicht, Nina.«

»Das macht nichts, Robert. Es ist jetzt nicht so wichtig. Eines Tages wirst du es verstehen.«

Im Fernsehen lief eine weitere Folge von Tabaluga, Roberts Lieblingstrickfilm. Aber zum ersten Mal in seinem kurzen Leben interessierte es ihn nicht, welche neuen Abenteuer der mutige kleine Drache und seine Freunde heute bestehen würden.

Denn dieser Tag war für Robert ein ganz besonderer Tag, ein richtiger Tag zum Feiern. Zum ersten Mal konnte er sich mit jemandem unterhalten. Vielleicht noch nicht mit der Stimme, wie es andere Menschen tun, aber mit dem Kopf. Das war doch schon etwas, oder? Robert hatte es sich immer gewünscht, jemanden zum Reden zu haben, aber bis jetzt hatte ihn niemand hören können. Und nun war Nina gekommen, dieses schönes Mädchen, und hörte ihn! Was für ein Glück! Robert schwebte wie auf Wolken.

Mit seinen sieben Jahren war Robert trotz seiner körperlichen Behinderung ein sehr intelligenter und wissbegieriger Junge. Er hatte sich alles gemerkt, was er je gehört oder gesehen hatte. Er kannte bereits viele Buchstaben und Zahlen. Er würde jetzt wahrscheinlich schon ganze Sätze lesen können, nur leider hatte sich bisher niemand die Mühe gemacht, es ihm beizubringen. Er kannte auch die Uhr, denn das hatte ihm seine Mama einmal beigebracht. Zu seinem fünften Geburtstag hatte sie ihm eine große Bahnhofsuhr geschenkt und sie so in seinem Zimmer aufgehängt, dass er sie vom Bett aus gut sehen konnte. Es machte Robert einen Riesenspaß, die Stunden-, Minuten-und Sekundenzeiger zu beobachten und die Minuten und Sekunden zu zählen. Er konnte sogar sehen, wie sich der Stundenzeiger bewegte, was die meisten Erwachsenen gar nicht können.

Im Kindergarten machte Robert gute Fortschritte. Er ging aber nicht in einen gewöhnlichen Kindergarten, sondern in einen ganz speziellen, und Robert lernte dort ganz spezielle Sachen, die für andere Kinder selbstverständlich sind. So übte er zum Beispiel sich jeden Tag mit Hilfe der Betreuerinnen von einer Seite auf die andere zu drehen. Er übte auch, Gegenstände mit seinen Händen zu greifen, was ihm allerdings sehr schwer fiel, weil seine Hände einfach nicht taten, was sie sollten. Wenn er etwas ergriffen hatte, schaffte er es noch nicht, es auch in der Hand zu halten. Auch beim Essen und Trinken war er auf die Hilfe anderer Menschen angewiesen.

Robert ging mittlerweile auch in die Vorschule, wo eine nette Lehrerin, Frau Ulrich, dreimal in der Woche mit ihm übte. Sie wurde nie ungeduldig, zeigte ihm Buchstaben und Zahlen und erklärte ihm viele interessante Dinge. Im September würde er eingeschult werden. Natürlich würde er auf eine besondere Schule kommen, eine Schule für besondere Kinder, wie er es war. Robert konnte es kaum erwarten, in die Schule zu gehen und Lesen zu lernen. Vielleicht würde er sogar einen Computer bekommen, den er mit dem Hinterkopf bedienen konnte oder mit dem Mund. Robert hatte nämlich gehört, dass sich die Erwachsenen darüber unterhalten hatten.

Im Kindergarten waren viele Kinder, denen es ähnlich ging wie Robert und die irgendwelche körperlichen Behinderungen hatten. Aber manche Kinder konnten sprechen, andere konnten sogar gehen – zwar mit einer Stütze, aber immerhin. Andere konnten krabbeln, selbst essen und ihre Hände normal benutzen.

Aber Robert konnte das alles nicht. Ohne eine gute Stütze konnte er nicht einmal sitzen, weil er seinen Körper ohne Hilfe nicht aufrecht halten konnte. Deswegen wurde er immer in einen speziellen Stuhl oder Kinderwagen gesetzt. Oft hatte er das Gefühl, im eigenen Körper gefangen zu sein. Wenn er an seinen Körper dachte, dachte er immer an ein Gefängnis. Er fand das ungerecht. Warum musste gerade er so auf die Welt kommen? Wie oft er sich diese Frage gestellt hatte und wie oft er keine Antwort gefunden hatte, konnte er schon gar nicht mehr zählen.

Robert war gern im Kindergarten, denn dort war ihm nie langweilig. Zwar war das Körperprogramm nicht unbedingt angenehm, oft sogar schmerzhaft, wenn seine Arme und Beine von einer Betreuerin gebeugt, gedreht und gedehnt wurden. Aber er wusste, dass es nötig ist, damit die Sehnen sich nicht verkürzen und das Laufen auf ewig unmöglich machen. Robert träumte nämlich immer noch davon, eines Tages wie andere Kinder laufen zu können.

In der Gruppe hatte er auch einen Freund gefunden, den Markus, ein richtiges Plappermaul, das nie seinen Mund halten konnte. Wenn die Kinder Freispiel hatten, nachdem sie ihre Körper-, Steh-, Geh-und Sprachübungen absolviert und all die vielen anderen Therapieprogramme hinter sich hatten, durften sie nach Herzenslust spielen oder sich einfach ausruhen.

Markus setzte sich während dieser Zeit meistens zu Robert und erzählte ihm alles Mögliche, zum Beispiel was er gestern gemacht hatte, was er dachte, was er meinte. Robert mochte es sehr, seinem Freund zuzuhören. Oft antwortete er auch oder widersprach ihm im Kopf. Dass ihn niemand hörte, das war er ja schon gewohnt.

Robert hatte auch eine Freundin, Melissa, die als Einzige in der Gruppe selbständig und ohne Hilfe laufen konnte. Am liebsten spielte sie mit Robert Ärztin und Patient. Dazu holte sie den Arztkoffer aus der Spielecke und maß bei Robert Blutdruck und Fieber und tat alles, was sie sich von den Ärzten abgesehen hatte.

»Oh, heute flattert Ihr Herz aber ganz schön heftig, Herr Kopp. Haben Sie denn Ihre Medikamente nicht genommen?«, sagte sie streng zu Robert, wenn sie ihm das Stethoskop an die Brust hielt.

Melissa hatte einen angeborenen Herzfehler. Einmal hatte Robert zufällig gehört, wie sich zwei Betreuerinnen leise über sie unterhielten. Das Mädchen würde nicht lange zu leben haben.

»Lass uns lieber etwas spielen, Robert. Fernsehen kannst du auch ohne mich glotzen«, sagte Nina.

»Gerne, aber was können wir denn zusammen spielen?«

»Wir könnten um die Wette rennen. Ja, lass uns ein Wettrennen machen.«

Robert dachte, er würde nicht Recht hören. »Du musst dich nicht über mich lustig machen, Nina. Du weißt doch, dass ich das nicht kann.«

»Und wieso nicht?«

»Na, warum wohl nicht? Weil ich nicht gehen kann!«

»Ach ja, stimmt ja. Schade, daran hatte ich gar nicht gedacht. Dann lass uns eben Verstecken spielen oder Ball.«

Langsam wurde Robert wütend. »Nein, nein Nina, das geht doch nicht, das kann ich auch nicht. Überleg doch mal, ich kann nicht laufen. Wie soll ich mich da verstecken!«

»Stimmt, schon wieder vergessen. Und wenn du dich dazu entschließen würdest zu laufen?«

»Wie bitte?«

»Du sagst dir, dass du laufen kannst, und dann läufst du einfach los.«

Robert hatte nicht die geringste Ahnung, wovon sie sprach. »Nina, hallo! Erde ruft Nina, bitte melden! Ich bin behindert, ist dir das vielleicht schon mal aufgefallen?«

»Ja, ja, schon gut, entschuldige.«, entgegnete Nina.

Robert war sprachlos, denn so etwas hatte er noch nie gehört. Alle sagten immer nur, dass er dies nicht tun könnte und das nicht tun könnte. Wörter wie krank, behindert, beschränkt, verkürzt, verspannt, steif, spastisch, die hörte er oft. Viel zu oft, um genau zu sein. Aber bis jetzt hatte ihm niemand gesagt, er solle sich einfach dazu entschließen zu laufen. Was für ein sonderbares Mädchen diese Nina doch war.

»Ist schon gut, ich sehe, du bist ein richtiger Stubenhocker, macht nichts. Wir können auch was anderes spielen, wie wäre es zum Beispiel mit ...«

Roberts Gedanken überschlugen sich. »Warte, Nina, erzähl mir lieber erst mal, woher du eigentlich kommst. Und wieso kannst du meine Gedanken hören? Kann es außer dir sonst noch jemand, bitteschön?«

»Na gut, meinetwegen, dann spielen wir eben Unterhaltung, aber der Fernseher muss ausgeschaltet werden.«

Im selben Moment ging der Fernseher aus.

»So, das wäre erledigt. Jetzt brauche ich einen schönen, gemütlichen Sessel«, sagte Nina.

Wie aus dem Nichts erschien daraufhin ein großer roter Polstersessel, der mit goldenen Knöpfen verziert und überaus prächtig anzusehen war. Nina machte es sich darin bequem.

Wie hat sie das denn nun wieder geschafft?, fragte sich Robert total verblüfft in Gedanken.

Nina lachte. »Ach, das ist doch einfach. Das kann doch jeder.« Dann fügte sie mit strenger Miene hinzu: »Übrigens würde ich es vorziehen, wenn du nicht über mich sprechen würdest, als ob ich nicht da wäre, sondern mir deine Fragen direkt stellen würdest.«

Robert entschuldigte sich. Dann dachte er in Ninas Richtung: »Ehrlich gesagt habe ich noch nie jemanden gesehen, der einen Sessel aus dem Nichts hervorzaubern kann.«

»Dann solltest du dich wohl besser daran gewöhnen.«

»Gut, ich werde es versuchen.« Robert lachte.

Nina seufzte theatralisch auf. »Ach, mein lieber Robert Kopp, ich sehe schon, dass ich dir wohl zuerst meine ganze Lebensgeschichte erzählen muss, bevor wir uns über andere Dinge unterhalten können. Hör bitte gut zu und versuch alles zu behalten, was ich dir erzählen werde.«

Das brauchte Nina nicht zwei Mal zu sagen, denn einen besseren Zuhörer als Robert hätte sie nicht finden können.

3

»Als ich sieben Jahre alt war, wurde ich sehr krank«, fing Nina an. »Die Ärzte sagten meinen Eltern, dass ich die Krankheit nicht überleben würde.

Meine Mutter war sehr traurig und mein Vater suchte überall nach einem Arzt, der mich heilen könnte. Schließlich fand er einen, der genau das versprach.

Der Arzt tat, was er konnte. Schließlich ist es ihm gelungen, mich am Leben zu erhalten, aber nicht, mich zu heilen. Ich musste zwar nicht sterben, aber ich konnte mich danach weder bewegen noch konnte ich sprechen.

Ich lag wie eine Mumie im Bett und wurde von meiner Mama und einer Pflegerin rund um die Uhr betreut. Mein Papa kam nur noch selten, um mich zu besuchen. Einmal hörte ich, wie sich meine Mama mit der Pflegerin unterhielt. Sie sagte, dass mein Papa es nicht ertragen konnte, mich so krank zu sehen. Danach weinte sie sehr lange.

Eigentlich weinte meine Mama immer sehr viel. Wenn sie mein Zimmer betrat, füllten sich ihre Augen immer gleich mit Tränen. Manchmal beklagte sie sich auch laut: ›Warum musste meine einzige

Tochter so krank werden? Wie kann Gott eine solche Grausamkeit zulassen? Warum müssen unschuldige Kinder so leiden?‹

Das war für mich sehr schlimm. Ich konnte ja nichts tun, nicht einmal trösten konnte ich sie. Ich fühlte mich in diesen Momenten meiner Mutter und auch meinem Vater gegenüber sehr schuldig.

Ich konnte mich noch sehr gut daran erinnern, wie toll es ist, ganz gesund zu sein, herumzulaufen und mit meinen Puppen zu spielen oder mit meinen Eltern ein Picknick zu veranstalten. Nun aber musste ich die ganze Zeit im Bett liegen und die weiße Decke anstarren. Mir war so langweilig, aber ich konnte mich ja nicht einmal verständlich machen.«

»Das verstehe ich allerdings sehr gut«, bemerkte Robert.

»Wäre ich doch lieber gestorben«, dachte ich oft. »Aber solche Gedanken machten mir gleichzeitig auch große Angst. Ich dachte darüber nach, wie es wohl wäre, tot zu sein. Wahrscheinlich sehr schlimm, sicherlich noch schlimmer als ein ganzes Leben lang ans Bett gefesselt zu sein. Die Erwachsenen haben doch so große Angst vor dem Tod. Die Pflegerin sagte einmal zu mir: ›Wir müssen Gott danken, dass du überhaupt noch am Leben bist.‹

So verging eine sehr lange Zeit. Eines Tages kam meine Mutter mit einem Kuchen ins Zimmer, auf dem neun Kerzen brannten.

›Hallo mein Liebling‹, sagte sie. ›Heute ist dein neunter Geburtstag. Ich habe dir einen Geburtstagskuchen gebacken. Du darfst dir etwas wünschen, ich blase die Kerzen für dich aus. Wenn du soweit bist, dann blinzele zweimal mit den Augen.‹

Ich musste nicht lange überlegen, denn ich hatte nur einen einzigen Wunsch: Ich wollte wieder ganz gesund werden. Also sagte ich in Gedanken: ›Lieber Gott, wenn es dich wirklich gibt, dann schicke mir bitte einen Engel, der mich heilt.‹ Dann blinzelte ich zwei Mal und meine Mama pustete die Kerzen aus.

Ich sah, wie der Rauch der ausgeblasenen Kerzen langsam nach oben stieg. ›Wenn ich doch nur wie der Rauch nach oben aufsteigen könnte‹, dachte ich noch, als plötzlich ein Wunder geschah. Auf einmal spürte ich ein wunderbares Gefühl in mir aufsteigen. Ein Gefühl von Leichtigkeit, so als ob ich gleich anfangen würde zu schweben. Und es machte mir überhaupt nichts aus, als meine Mama anfing, laut zu weinen und zu klagen. Normalerweise fühlte ich mich immer ganz entsetzlich, wenn sie das tat, aber nicht an diesem Tag.

Ich konzentrierte mich ganz auf dieses wunderbare Gefühl, um es nicht wieder zu verlieren. Denn seit ich krank geworden war, hatte es in meinem Leben keinen einzigen Moment mehr gegeben, in dem ich mich gut und glücklich gefühlt hätte. Zu lange war ich in diesem nutzlosen Körper gefangen gewesen und hatte weder Freude noch Lebenslust verspürt. Meine Tage zogen sich endlos und düster dahin. Die Menschen um mich herum waren von Sorgen und Kummer gezeichnet. Mein Vater besuchte mich nicht einmal mehr an meinem Geburtstag.

Und so schloss ich die Augen und gab mich diesem neuen Gefühl hin. Ich versank ganz in diese neue Leichtigkeit. Es war, als ob ich durch eine etwas zähe, aber dennoch angenehme Schicht glitt, und als ich hindurch war, sah ich mich im Himmel schweben. Ich flog wie ein Vogel. Der Flug fühlte sich so echt an, so real. Ich war völlig frei. Ich schwebte über den Weiten des Meeres und des Landes, überflog die hohen, schneebedeckten Berge und sah in der Entfernung etwas Leuchtendes. Eine unbekannte Kraft zog mich direkt dorthin.

Als ich der Lichtquelle näher gekommen war, sah ich ein riesiges Schloss vor mir, das wie ein richtiges Zauberschloss aus einem Märchen aussah. Es funkelte in der Sonne und leuchtete in allen Regenbogenfarben. Die Wände waren aus purem Gold erbaut und mit prächtigen Mosaiken aus kostbaren Edelsteinen in allen erdenklichen Größen und Formen verziert.

Weißt du, Robert, wenn ich jetzt die wundervollsten Wörter benutze, die ich kenne, um das Schloss zu beschreiben, reicht das doch nicht aus, um dir diese Pracht angemessen zu schildern. Es war einfach großartig, das kann ich dir sagen.

Aber das Allerbeste war das Gefühl in mir. Es war, als ob sich alle meine Wünsche auf einmal erfüllen würden oder als ob ich der glücklichste Mensch im ganzen Universum war. So viel Freude, Liebe und Begeisterung fühlte ich in mir.

Langsam flog ich auf das Schloss zu und landete schließlich auf einer großen Terrasse. Die Terrassentüren standen weit offen. Aus einem prächtig geschmückten Saal erklang himmlische Musik. Ich wusste, dass die Musik nur für mich gespielt wurde, um mich willkommen zu heißen. Ich ging in den riesigen Saal hinein und sah einen unvorstellbar schönen und anmutigen Engel auf mich zukommen.

›Sei gegrüßt, mein Kind, ich freue mich, dich hier willkommen zu heißen. Komm, setz dich und ruhe dich ein wenig aus.‹ Seine Stimme war so klar und hell wie der Ruf einer Lerche an einem Frühlingsmorgen.

Der Engel lud mich ein, in einem roten Sessel Platz zu nehmen, der über und über mit Gold bestickt war. Es war ein richtiger Thronsessel.«

»So wie der, auf dem du gerade sitzt?«, unterbrach Robert ganz aufgeregt.

»Ja, das ist der Sessel aus dem Palast der Engel.«

»Auf so einem würde ich auch gerne mal sitzen.«

»Irgendwann wirst du das vielleicht tun.« Nina sah

einen Moment lang nachdenklich drein, dann blickte sie wieder hoch und fuhr mit ihrer Geschichte fort.

»Der Engel setzte sich in einen anderen Sessel, der genau so wie meiner aussah, nur dass er mit leuchtendgrünem Samt bezogen war. Er bot mir Früchte und Süßigkeiten an, die auf einem kleinen Tischchen standen. Es schmeckte einfach köstlich, so etwas Gutes hatte ich noch nie gegessen. Und mit jedem Bissen fühlte ich mich noch etwas glücklicher. Oh, Robert, es war einfach toll!

Nachdem ich mich satt gegessen hatte, fragte mich der Engel, ob ich wüsste, warum ich hier bin.

›Ja, weil du mich heilen wirst‹, antwortete ich glücklich.

Der Engel lachte herzlich und sagte dann: ›Komm zu mir, mein kleines Mädchen.‹

Ich setzte mich auf seinen Schoß und fühlte mich wie im siebten Himmel.

Plötzlich erschien ein in zarten Lilatönen leuchtender Kreis vor uns in der Luft, der anfing, leicht zu vibrieren. Dann sah ich in seiner Mitte ein Bild auftauchen. Es zeigte ein Bett, in dem ein Mädchen lag, und eine Frau, die bei ihr saß und weinte. Erst nach einer Weile verstand ich, dass ich das Kind war, das dort im Bett lag.

Sofort schossen mir alle möglichen Erinnerungen durch den Kopf und mein wunderbares Gefühl verflog, bis ich sehr traurig wurde und weinte. Der

Engel hielt mich in seinen Armen und tröstete mich ganz lieb.

›Warum?‹ fragte ich den Engel. ›Warum bin ich nur krank geworden? Ich möchte wieder gesund werden, wirst du mich jetzt heilen?‹

›Nur du selbst kannst dich heilen, Nina. Aber wenn du willst, werde ich dir dabei helfen.‹

›Wie meinst du das?‹ fragte ich ihn erstaunt. ›Wie soll ich mich selbst heilen können, ich bin doch nur ein kleines Mädchen, das weder sprechen noch sich bewegen kann.‹

›Schau, mein Kind, du hast immerhin ganz allein hierher gefunden, so dass wir jetzt miteinander sprechen können.‹

›Aber das hier ist doch nur ein Traum! Das muss einfach ein Traum sein. Ich liege krank im Bett, sieh dir doch nur das Bild an.‹

›Das sehe ich wohl, aber ich sehe auch, dass du gerade bei mir auf dem Schoss sitzt‹, sagte der Engel mit seiner melodischen Stimme.

›Lieber Engel, aber das ist doch ein Traum! Du bist doch ein Traum, oder?‹

›So, meinst du? Das wollen wir doch mal sehen.‹

Der Engel setzte mich behutsam ab und erhob sich vor mir zu seiner vollen Größe. Dann zog er sich selbst an den Haaren, berührte seine Nase, betrachtete seine Hände, sprang drei Mal in die Luft und sang dazu ›Mi, Mii, Miii ...‹

›Weißt du was, Nina?‹ sagte er dann zu mir. ›Ich glaube, es gibt mit deinem Traum ein Problem. Obwohl du darauf bestehst, dass ich einer bin, empfinde ich mich überhaupt nicht wie ein Traum, ich würde sogar sagen, dass ich überaus real bin. Realer als manches, was du sonst so als wirklich betrachtest.‹ Er lachte, als er mein verwirrtes Gesicht sah.

Ich verstand gar nichts mehr. ›Aber wie ist so etwas möglich? Wie soll ich das alles verstehen?‹

›Indem du es überprüfst, mein Kind. Kannst du dich spüren?‹

Ich machte den Engel nach. Ich fasste erst mein Haar und dann meine Nase an. Ich betrachtete und berührte meine Hände, sprang einmal in die Luft und sang dazu ›Mi, Mii …‹

›Und wie fühlt sich das an?‹, fragte mich der Engel.

›Echt! Es fühlt sich alles so echt an‹, antwortete ich. ›Hast du das etwa gemacht?‹

›Wieso denn ich? Das warst du!‹

›Wie könnte ich denn so etwas tun?‹

›Mit deinen Gedanken‹, erwiderte der Engel. ›Mit deinen Gedanken hast du dir diesen Zustand erschaffen.‹

›Was heißt das? Ich verstehe dich nicht.‹«

4

»›Jeder Mensch kann alles Mögliche mit seinen Gedanken erschaffen‹, erklärte mir der Engel.

›Du meinst, sich etwas ausdenken?‹ fragte ich ihn.

›Ja, sich etwas ausdenken, sich Bilder vorstellen und diese dann mit Gefühlen ausstatten, um das Leben dadurch zu verändern.‹

›Aber das sind doch nur Gedanken, die sind doch nicht real. Man hat doch immer irgendwelche Gedanken im Kopf. Wie kann man denn damit etwas verändern und wie soll man Gedanken mit Gefühlen ausstatten?‹

›Ich werde versuchen, es dir genau zu erklären‹, sagte der Engel. ›Denk einmal beispielsweise an deinen Flug vorhin, der hat dir doch gefallen. Habe ich Recht?‹

›Ja und ob! Das war absolute Klasse!‹

›Fein, dann rufe ihn dir wieder ins Gedächtnis. Versuche dich an alle Einzelheiten zu erinnern. Denk daran, wie frei und glücklich du dich gefühlt hast und wie begeistert du warst.‹

›Oh ja, das war wirklich super, es tut gut, daran zu denken.‹

›Ausgezeichnet, Nina. Jetzt überleg doch mal: Dieses gute Gefühl, das du hast, wenn du daran denkst. Fühlt es sich nicht auch echt an?‹

›Hm, ja, ich glaube schon. Doch, es fühlt sich wirklich echt an, obwohl ich jetzt nicht mehr fliege, sondern nur daran denke, wie es war. Es ist, als ob mein ganzer Körper vor Freude vibrieren würde, und es fühlt sich ganz warm in meinem Herzen an.‹

Ich lachte den Engel an. ›Ich muss auch die ganze Zeit lachen.‹

›Sehr gut, Nina, du hast es begriffen. Genau so funktionieren die Gedanken.‹ Der Engel streichelte meine Wange.

›Denke jetzt an etwas Trauriges. Mal dir ein trauriges Bild in allen Einzelheiten aus. Probiere es bitte gleich aus, einfach zum Vergleich, damit du den Unterschied spürst. Denke zum Beispiel an deine Krankheit und daran, dass du bewegungslos im Bett liegst und auf die Hilfe anderer angewiesen bist! Ruf dir alle Einzelheiten ins Gedächtnis und versuch dich wieder so zu fühlen, wie du dich in dieser Situation normalerweise fühlst!‹

›Oh, das ist so traurig! Jetzt bin ich ganz traurig.‹

›Und wie ist es genau, sich traurig zu fühlen?‹

›Da ist so ein unangenehmes Gefühl in meinem Bauch und in meiner Kehle, dass ich sicher gleich anfangen werde zu weinen.‹

Der Engel nickte mitfühlend. ›Fühlt es sich echt an?‹

›Na klar, es fühlt sich sogar sehr echt an‹, sagte ich und brach in Tränen aus. Ich fühlte mich auf einmal so schwach und hilflos.

Der Engel tröstete mich und sagte leise: ›Siehst du, Nina, deine Gefühle kommen aus deinen Gedanken. Du malst dir nicht nur die Bilder im Kopf aus, du stattest sie auch mit Gefühlen aus.‹

›Aber, Engel, was hat das alles mit dem wirklichem Leben zu tun? Bilder und Gefühle ändern doch nichts daran, dass man krank ist.‹

›Zunächst vielleicht nicht, aber wenn man Gedanken und Gefühle bewusst einsetzt, kann sich dadurch mit der Zeit vieles verändern. Es braucht dazu aber Übung, Konzentration und Beharrlichkeit, mein liebes Kind. Du wirst es schon bald begreifen. Jetzt soll es aber genug sein, schlaf ein bisschen und ruhe dich aus. Schließ nur die Augen, ich bin immer bei dir und beschütze dich.‹

Als ich erwachte, lag ich wieder in meinem Bett. Meine Mama war nicht im Zimmer. Ich dachte darüber nach, was der Engel gesagt hatte: Gedanken machen Gefühle. Wenn man an etwas Gutes denkt, fühlt man sich auch gut, aber wenn man an etwas Schlechtes denkt, dann fühlt man sich schlecht.

Ich wollte es noch einmal ausprobieren und konzentrierte mich ganz auf ein gutes Gefühl. Ich stellte mir vor zu fliegen, ich malte mir in allen Einzelheiten aus, wie es war, zwischen den Wolken zu schweben. Ich versuchte das Gefühl im ganzen Körper zu spüren – so wie vorhin, als ich geflogen war. Nach einiger Anstrengung gelang es mir tatsächlich. Es war so schön.

Es machte mir richtig Spaß, angenehme Erinnerungen wachzurufen. Alles in mir lachte, es kam mir vor, als würden alle meine Zellen kichern. Ich vergaß den Zustand meines Körpers völlig und gab mich ganz meinen wunderbaren Visionen hin. Seit jenem Tag verbrachte ich die ganze Zeit in dieser glücklichen neuen Welt, die ich selbst erschaffen hatte.

Irgendwann fiel mir auf, dass ich mich auch in Wirklichkeit besser fühlte als früher. Mit der Zeit empfand ich diese Veränderung immer deutlicher. Wenn meine neuen Gedanken von der selbst erschaffenen Welt abschweiften und mich die traurigen Gedanken von früher wieder überfielen, schaltete ich einfach um. Es war aber nicht so einfach, wie es sich jetzt anhört. Oft genug musste ich mich richtig anstrengen, um die positiven Visionen zu halten.

Mit der Zeit erfand ich immer schönere und bessere Märchen und Bilder.

Wenn meine Mama wie gewöhnlich mit einem traurigen Gesicht ins Zimmer kam, malte ich mir eine Geschichte aus. Ich stellte mir vor, ich sei eine wunderschöne Prinzessin, die von einer bösen Hexe verzaubert worden und in einen tiefen Schlaf gefallen war. Meine Mama war die Dienerin, die sich um die Prinzessin kümmern sollte. Aber sie durfte nicht lachen, denn die Hexe hatte es ihr verboten und ihr bei Zuwiderhandlung mit dem Tod gedroht. Denn mit jedem Lächeln würde die Prinzessin ein wenig wacher werden, bis sie den Zauber ganz abgeschüttelt hätte.

Ich stellte mir vor, dass meine Mama kaum an sich halten konnte, nicht laut herauszulachen, und dass es ihr ungeheuer schwer fiel, ihr Lachen zu unterdrücken. Wenn sie sich umdrehte, lachte sie sich sicher heimlich ins Fäustchen. Es machte mir richtig Spaß, mir diese Geschichte auszumalen. Zu meiner Überraschung merkte ich, dass meine Mama nicht mehr ganz so traurig wirkte, dass sie hin und wieder sogar einmal still vor sich hin lächelte. Dann stellte ich mir vor, dass ich durch jedes Lächeln von ihr etwas kräftiger wurde. Und tatsächlich fühlte ich mich von Tag zu Tag besser.

Konnten glückliche Gedanken mir wirklich helfen, gesund zu werden? Die Frage ging mir nicht mehr aus dem Sinn. Sie beschäftigte mich Tag und Nacht.

Ich wünschte mir von ganzem Herzen, mit dem Engel darüber zu sprechen. Und stell dir vor, Robert, eines Tages, als ich meine Augen schloss, da sah ich ihn wirklich wieder vor mir.

›Hallo Nina‹, begrüßte er mich ganz locker, als sei er nie weg gewesen. ›Du wolltest mich sprechen?‹

Ich war baff. ›Da bist du ja, lieber Engel. Wo bist du denn nur gewesen? Ich habe mich so nach dir gesehnt.‹

›Hast du das? Nun, ich war die ganze Zeit bei dir.‹

›Du warst bei mir? Wieso hab ich dich dann nicht gesehen?‹

›Du hast mich nicht gerufen. Ich blieb also in der Nähe, bis du mich rufen würdest.‹ Du kannst dir vielleicht vorstellen, wie verwirrt ich nun war, Robert. Also sagte ich zum Engel: ›Ich wusste ja nicht, dass ich dich einfach rufen kann. Ich werde es mir merken.‹

›Ich freue mich sehr, Nina, wenn ich dir helfen kann. Du musst wissen, dass ich immer für dich da bin, wenn du mich brauchst.‹

›Bist du etwa mein Schutzengel?‹

›Ja Nina, das bin ich.‹

›Aber warum habe ich dich dann früher nicht gesehen?‹

›Weil du es dir früher nicht gewünscht hast.‹

›Stimmt. Hast du einen Namen?‹

›Ich heiße Ellan.‹

›Das ist aber ein schöner Name.‹

›Wolltest du mir nicht eine Frage stellen, Nina?‹

›Ja, ich würde gerne mehr über die Gedanken erfahren. Wie funktioniert das genau, dass meine Gedanken, die außer mir doch niemand wahrnehmen kann, etwas bewirken können?‹

›Worte führen oft in die Irre, Nina. Ich werde es dir lieber zeigen‹, sagte Ellan.

Der Engel nahm mich an der Hand und sofort spürte ich wieder diese Leichtigkeit in mir, bis ich in der Luft schwebte.

›Los geht‹s, Nina!‹ Ellan lachte fröhlich.«

5

Nina erzählte weiter.

»Schon bald schwebten wir hoch über den Ozeanen und Kontinenten, überflogen die hohen, mit Schnee bedeckten Berge und näherten uns dem Schloss. Wir landeten auf der große Terrasse und betraten den Saal, den ich von meinem ersten Besuch her kannte. Auch jetzt standen zwei Sessel bereit: ein roter und ein grüner. Im Kamin brannte ein Feuer, das ich beim letzten Mal wohl nicht bemerkt hatte. Auf einem kleinen Tisch standen wundervoll anzusehende Speisen und Getränke.

›Iss etwas davon, es wird deinen Körper stärken und deinen Geist schärfen‹, sagte Ellan.

Plötzlich spürte ich, dass ich großen Hunger und Durst hatte. Ich nahm mir von den köstlichen Gerichten und Getränken. Es kam mir vor, als ob ich noch nie etwas gegessen hätte. Ellan sah mir belustigt zu, wie ich mich voll stopfte. Als ich mich gestärkt hatte, machten wir es uns in den großen Sesseln gemütlich, beobachteten das Feuer im Kamin und lauschten dem Knistern des brennenden Holzes. Ich fand es sehr angenehm, einfach so da zu sitzen und nichts zu tun.

Plötzlich fing alles an, sich um mich zu drehen und mir wurde schwindelig. Ich sah ein helles Licht auf mich zu kommen, das mich blendete. Erschreckt machte ich die Augen zu. Kaum hatte ich das Licht ausgeblendet, fing es in meinen Ohren an laut zu summen, so dass ich sie mir mit den Händen zuhalten musste. Im selben Moment wurde es ganz still.

Als ich die Hände von den Ohren nahm und die Augen wieder öffnete, sah ich, dass ich ganz allein in einem quadratischen weißen Raum saß, der weder Fenster noch Türen hatte.

›Wo bin ich?‹, dachte ich.

›Du bist in deinem Gedankenraum‹, hörte ich eine melodische Stimme sagen. ›Alle deine Gedanken manifestieren sich in diesem Raum, hier nehmen sie Gestalt an. Wähle deine Gedanken sorgfältig, damit du nur erlebst, was du auch erleben möchtest.‹

Unerwartet veränderte sich meine Umgebung und schon stand ich an einem kleinen See, dessen Ufer von üppiger Vegetation bewachsen war. Von überall her erklangen Tiergeräusche.

›Wo bin ich denn jetzt? Hoffentlich gibt es hier keine hungrigen Krokodile‹, dachte ich noch.

Kaum hatte ich das gedacht, als plötzlich ein riesiges Krokodil aus dem Wasser sprang. Ich war zu Tode erschrocken und erstarrte vor Angst. Das Krokodil kam erstaunlich schnell auf mich zu.

›Oh, mein Gott! Hilfe!‹

Im selben Augenblick wurde ich von einer unsichtbaren Hand in die Luft gehoben, so dass die mächtigen Kiefer des Krokodils ins Leere schnappten.

›Und wenn ich jetzt falle?‹ dachte ich als nächstes.

Sofort fiel ich und landete direkt auf dem Kopf des Krokodils. Mit einem Schrei sprang ich auf und lief weg so schnell ich konnte. Hinter mir hörte ich das Schleifen eines massigen Körpers und das Auf-und Zuklappen mächtiger Kiefer.

›Hilfe! Bitte helft mir!‹ schrie ich.

Schon flog ich durch die Luft und landete auf dem Ast eines großen Baumes.

›Puh, da hab ich aber noch mal Glück gehabt‹, dachte ich. ›Hoffentlich gibt es hier nicht noch mehr gefährliche Tiere.‹

Ein Fauchen zu meiner Rechten ließ mich erstarren. Behutsam drehte ich den Kopf und sah, dass mich zwei gelbe Augen anstarrten, die zu einem Panther gehörten.

Die Raubkatze fauchte wieder und zeigte mir ihre spitzen Reißzähne.

›Mamaaa! Hilf mir doch!‹, schrie ich ganz laut.

Und schon war ich bei mir zu Hause und meine Mama hielt mich in den Armen.

›Bin ich jetzt völlig durchgedreht?‹, dachte ich.

Sofort drehte sich in meinem Kopf alles.

›Ich will, dass das sofort aufhört!‹, dachte ich und

in derselben Sekunde war ich wieder in dem quadratischen weißen Raum.

›Gedanken! Das sind ja alles meine Gedanken‹, dämmerte es mir. Ich fing an zu begreifen, dass sich in diesem Raum alles augenblicklich manifestierte, was ich dachte.«

»Was heißt ›manifestiert‹?«, fragte Robert.

»Dass es wahr wird. Alles, was du denkst, wird in diesem Raum wahr«, sagte Nina.

»Ich fing dann an, ganz bewusst an schöne Dinge zu denken. Ich dachte zum Beispiel an die schöne Prinzessinnenpuppe, die ich von meinem Papa bekommen hatte, bevor ich krank geworden war. Ich stellte mir vor, mit der Puppe zu spielen. Und schon hielt ich sie in meinen Händen und spielte tatsächlich mit ihr. Das war sehr schön. Ich dachte mir ganz tolle Sachen aus, die sich alle sofort manifestierten. Ich dachte an ein wunderschönes Schloss für meine Puppe, dann an eine Kutsche mit Pferden und dann wünschte ich mir einen Prinzen für sie. Alles erfüllte sich sofort. So spielte ich sehr lange und war ganz in mein Spiel vertieft. Aber plötzlich dachte ich: ›Hier ist es so schön, hoffentlich ist dies nicht nur ein Traum. Das war der letzte Gedanke, den ich in diesem Raum hatte‹, beendete Nina mit einem langen Seufzer ihre Erzählung.

Robert war völlig fasziniert. Er hatte sich kein Wort entgehen lassen. »Mensch Nina, das ist ja so spannend! Ich würde mir wahrscheinlich vorstellen, laufen und sprechen zu können. Wäre das schön, auf eigenen Beinen laufen zu können!«

»Du kannst jetzt gleich anfangen, es dir vorzustellen, Robert.«

Der schaute Nina an, als ob sie plötzlich durchgedreht wäre.

»Womit soll ich anfangen?«

»Mit dem Vorstellen, du Dummerjan! Du sollst dir vorstellen, ganz gesund zu sein.«

»Und was soll das bringen, Nina? Ich bin nicht in dem weißen Raum, in dem alle Dinge wahr werden. Was wird es mir also bringen, außer Enttäuschung?«

»Das bringt viel mehr als du dir jetzt vorstellen kannst. Robert, so glaub mir doch! Ich muss es doch schließlich wissen.« Nina schrie fast.

In diesem Moment betrat Roberts Mutter das Zimmer.

»Robert, mein Schatz, was ist denn mit dem Fernseher los? Hast du etwa deine Lieblingssendung verpasst? Das ist aber schade.«

Anna griff nach der Fernbedienung, um herauszufinden, was wohl mit dem Fernseher los war.

»Das ist ja komisch, der Fernseher funktioniert ja einwandfrei. Ich hab keine Ahnung, wie er ausgehen konnte.«

»Da muss wohl Zauberei im Spiel gewesen sein, oder?« sagte Nina und zwinkerte Robert vergnügt zu. Sie sprach mit einer so tiefen, geheimnisvollen Stimme und machte dabei ein so komisches Gesicht, dass Robert einen Lachanfall bekam.

»He, was ist denn los? Warum lachst du denn so?«, wunderte sich Roberts Mutter.

Robert konnte sich gar nicht mehr beruhigen und lachte und lachte, weil Nina sich direkt neben seine Mutter gestellt hatte und nicht nur lustige Fratzen machte, sondern dabei auch noch laut lachte – was Anna allerdings weder sehen noch hören konnte. Nach einer Weile fing seine Mutter selbst an zu lachen, weil sie von Roberts Fröhlichkeit angesteckt worden war.

Im selben Augenblick winkte Nina Robert zu und verschwand zusammen mit dem Sessel.

Am Abend erzählte Anna ihrem Mann von Roberts Lachanfall. »David, ich hab ihn noch nie so lachen sehen. Ich weiß wirklich nicht, was ich davon halten soll, Robert wirkte heute ganz anders, so sonderbar. Ich frage mich, was das wohl zu bedeuten hat?«

»Ach, Schatz, er hatte heute einfach gute Laune, das ist alles. Warum musst du nur jeder Kleinigkeit gleich so viel Bedeutung beimessen?«

Robert lag in seinem Bett und hörte dem Gespräch der Eltern zu. Aber er dachte auch über den heutigen Tag nach, über Nina und ihre Geschichte. Es war der schönste Tag seines Lebens gewesen. Es war echt Klasse, mit Nina zu reden und mit ihr zu lachen. Er hoffte inständig, dass sie morgen wiederkommen würde.

6

»Wach auf, mein Schatz, es ist schon sieben, du musst in den Kindergarten.«

Auf dem Weg zum Kindergarten fragte sich Robert, ob das, was er gestern erlebt hatte, wirklich gewesen war. Was, wenn alles nur ein Traum gewesen wäre? Nun zumindest, war es ein sehr echt wirkender Traum gewesen.

Der Tag im Kindergarten zog sich nur sehr langsam dahin und Robert konnte es kaum erwarten, von seiner Mutter abgeholt zu werden. Er hoffte inständig, dass Nina zu Hause auf ihn wartete. Nicht einmal die Vorschule oder das Freispiel machten ihm an diesem Tag Spaß.

Endlich war der Tag vorbei und Robert sah seine Mutter. Während sie ihn anzog, sagte sie ihm, dass sie noch etwas zu erledigen hätte, deswegen müsse Robert gleich zur Oma. Robert war enttäuscht, dass sie nicht sofort nach Hause fahren würden. Seine Hoffnung, Nina bald zu sehen, schrumpfte.

»Hallo, mein Kleiner«, sagte seine Großmutter, als sie die Tür aufmachte. Zu Roberts großer Freude stand Nina direkt neben ihr und strahlte ihn an.

»Überraschung!«

Robert musste wie ein Honigkuchenpferd grinsen.

»Ja, wer freut sich denn da?«, sagte seine Großmutter und drückte Robert an sich. »Komm, mein Lieber, gleich gibt es was zu essen.«

Die Oma zog Robert Jacke und Schuhe aus und setzte ihn in seinen Spezialhochstuhl, dann ging sie zum Küchenherd, um das Essen vorzubereiten.

Nina hatte bereits ihren roten Sessel herbeigezaubert und machte es sich darin gemütlich. Sie streckte die Beine aus und lächelte Robert verschmitzt an.

»Na, wie war denn dein Tag, Robert?«

»Gut. Also eigentlich ... Nicht sehr gut. Ich hab mir den ganzen Tag Sorgen gemacht, dass ich dich nicht wieder sehen würde und dass alles nur ein Traum gewesen war.«

»Das ist aber schade, dass du deine Zeit mit Sorgen vergeudet hast, Robert, wo doch jeder Augenblick des Lebens so kostbar ist.«

»He, warte mal! Was sollte ich denn sonst tun? Du hast mir ja nicht gesagt, dass du wieder kommen wirst.«

»Du hättest aber darauf hoffen können. Hoffnung gibt dir nämlich Kraft und Angst raubt sie dir.« Sie dachte einen Moment nach. »Na ja, macht nichts, mit der Zeit wirst du es schon noch lernen.«

»Was soll ich lernen?« »Etwas sehr Wichtiges: die Gesetze des Universums.« Robert dachte nach. Dann fragte er: »Was ist das Universum?« »Alles, Robert, einfach alles.« »Okay. Ich mach alles, was du willst, Nina, Hauptsache, du bist bei mir.«

»So, mein Liebling, das Essen ist fertig«, sagte Oma in diesem Moment und legte Robert ein Lätzchen um. *Ich hab überhaupt noch keinen Hunger, Omi,* sagte Robert, aber seine Großmutter hörte natürlich nichts. »Weißt du was, Robert, solange du isst, sehe ich mich ein bisschen in der Wohnung um und unterhalte mich mit den Zimmerpflanzen. Deine Oma hat jede Menge schöne Pflanzen.«

Nina verließ die Küche und ging ins Wohnzimmer, wofür Robert ihr sehr dankbar war, denn es war ihm ziemlich peinlich, vor den Augen dieses tollen Mädchens gefüttert zu werden.

Während Robert tapfer das Essen schluckte, das ihm seine Großmutter in den Mund stopfte, dachte er: *Unterhält sie sich tatsächlich mit den Pflanzen? Kann man das wirklich? Oma sagt auch immer, dass sie mit ihren Pflanzen spricht und dass sie deswegen so schön wachsen. Ich muss Nina unbedingt danach fragen.*

»Ich freue mich so, dass es dir so gut geschmeckt hat, mein Junge. Du hast den ganzen Teller leer gegessen. Und so schnell! Deine Mama wird sich bestimmt freuen, wenn ich ihr das erzähle. Jetzt möchtest du doch bestimmt dein Mittagsschläfchen halten. Komm, ich bringe dich ins Bett«, sagte seine

Oma. Robert schreckte abrupt aus seinen Gedanken auf.

Ich kann es kaum erwarten, endlich mit Nina allein zu sein.

Als Robert im Bett lag und die Oma endlich das Zimmer verlassen hatte, erschien Nina mit ihrem roten Sessel.

»Wie machst du das nur?« wunderte sich Robert.

»Ach das. Das ist gar nicht so schwer, ich denke mich einfach hin.«

»Aha, alles klar!« sagte Robert. Er wollte vor Nina nicht dumm wirken, deshalb beschloss er so zu tun, als ob er alles begriffen hätte.

»Deine Oma hat wirklich witzige Pflanzen. Die können vielleicht lustige Sachen erzählen.«

»Darüber weiß ich nichts, ich habe nämlich noch nie mit den Pflanzen gesprochen. Wie du dich vielleicht erinnerst, kann ich nämlich gar nicht sprechen.«

»Ach so? Du bist vielleicht ein Witzbold. Was machst du denn gerade, schweigst du mich an oder was?«

»Nein! Doch, ja... Oder nein? Nina, ich weiß es doch nicht. Ich kann doch in Wirklichkeit gar nicht sprechen, obwohl ich es mit dir kann. Aber das ist doch trotzdem kein richtiges Sprechen, denn außer dir hört mich doch keiner, oder?«

Nina schaute Robert fest in die Augen. Alle möglichen Gefühle kamen in ihm hoch, sie waren schön und aufregend zugleich. Auf einmal war sich Robert seiner Behauptung nicht mehr sicher. Konnte er tatsächlich sprechen? Wenn Nina ihn hören konnte, gab es dann vielleicht noch andere, mit denen er sich unterhalten konnte? Die Pflanzen zum Beispiel?

»Lass uns später darüber reden, Robert. Möchtest du hören, wie meine Geschichte weiterging? Möchtest du wissen, was ich mit dem Engel noch erlebt habe?«

»Ja, natürlich! Ich bin schon ganz gespannt!«

»Apropos Engel. Hast du schon einmal darüber nachgedacht, ob du vielleicht auch einen Schutzengel hast?«

»Echt? Ich auch?«

»Ich denke, du bist keine Ausnahme, denn jeder Mensch hat einen.«

»Toll. Ich würde meinen Engel auch gerne kennen lernen.«

»Robert, du musst es dir nur wünschen. Dein Engel wird sich ganz bestimmt darüber freuen.«

»Meinst du wirklich?«

»Ja, ich weiß es. Ellan hat es mir nämlich erzählt.«

»Wirklich, hat er dir das wirklich gesagt? Hat er dir wirklich gesagt, dass sich mein Engel freuen wird?« Robert zappelte innerlich vor Aufregung.

»Ja. Ellan hat gesagt, dass sich alle Engel sehr darüber freuen, wenn man sie anruft und sie um Unterstützung bittet. Gott hat die Engel nämlich auf die Erde geschickt und ihnen aufgetragen, sich um die

Menschen zu kümmern. Und sie machen das mit großer Freude und Liebe. Nur dürfen sie sich nicht einfach so in das Leben der Menschen einmischen, sondern müssen warten, bis man sie ruft.«

»Und warum dürfen sie sich nicht einmischen?«

»Das hat mit unserem freien Willen zu tun, weißt du.«

»Was ist denn das nun wieder: freier Wille?«

»Wie soll ich dir das nur erklären? Na gut, ich versuche es, hör gut zu! Wir alle sind ein Teil vom Universum. MutterVater-Gott erschuf die Menschen nach seinemihrem Ebenbild und gab ihnen die Fähigkeiten, die die Gottheit selbst besitzt.«

»Was denn für Fähigkeiten? Und warum sagst du Mutter-Vater-Gott?«, fragte Robert neugierig.

»Ich sage deswegen Mutter-Vater-Gott, weil Gott sowohl weiblich als auch männlich ist. Ich möchte nicht, dass du dir Gott als Mann vorstellst, Robert. Gott ist die Mutter, aber auch der Vater, deshalb benutze ich den Begriff Gottheit, weil er beide Aspekte enthält. Eine der Fähigkeiten, mit der die Gottheit uns Menschen ausgestattet hat, ist die Fähigkeit zu erschaffen.«

»Das ist ja toll! Heißt das, dass sich jeder eine Erde mit Menschen und so weiter machen kann?«

Nina lachte. »Ach Robert, du bist so lustig. Das heißt, dass jeder Mensch die Gabe besitzt, sein eigenes Leben zu erschaffen«, sagte sie.

»Und wie funktioniert das? Braucht man dazu Zauberwörter?«

»Ja, dazu braucht man Zauberwörter.«

»Wirklich?« Nun war Robert hellhörig geworden und spitzte die Ohren. »Kannst du mir welche verraten?«

Nina krümmte sich vor Lachen. »Na klar, aber merke sie dir gut.« Dann sprach sie mit geheimnisvoller tiefer Stimme: »Simsalabim, drei Mal schwarzer Kater.«

»Simsalabim, drei Mal schwarzer Kater«, wiederholte Robert ehrfürchtig, woraufhin Nina anfing zu kichern.

»Machst du dich etwa über mich lustig? Das ist nicht fair.«

»Entschuldige bitte, Robert, aber die Versuchung war zu groß. Du hast ein so ernstes Gesicht aufgesetzt, dass du ausgesehen hast wie ein Professor.«

»Selber Professor«, sagte Robert beleidigt.

»Ich mach's nie wieder, großes Indianerehrenwort«, versprach Nina immer noch lachend. »Der Mensch erschafft sein Leben, indem er denkt, glaubt, spricht und tut«, sagte sie dann.

»Aha!«

»Was aha? Du hast es doch gar nicht begriffen!«

»Hab ich auch nicht«, gab Robert verlegen zu. »Ich wollte nicht dumm wirken, deshalb wollte ich nicht so viel fragen.«

»Wenn du meinst, Fragen seien dumm, dann sind sie es auch!« sagte Nina energisch. »Es ist aber überhaupt nicht dumm, Fragen zu stellen. Dumm wäre es nur, so zu tun, als ob du alles verstanden hättest.«

»Entschuldige bitte, Nina, ich wollte dich nicht kränken. Bitte erklär mir alles noch einmal, damit ich es verstehen kann.«

Nina schwieg eine Minute, dann sprach sie weiter: »Ich denke, dass ich lieber zuerst meine Geschichte weiter erzählen sollte, dann wirst du besser verstehen, was ich dir beibringen möchte.«

7

»Ich erwachte in meinem Bett und stellte fest, dass ich mich wieder nicht rühren konnte. Ich versuchte zu sprechen, aber es kamen nur leise, unverständliche Laute aus meinem Mund. Ich dachte an meinen Schutzengel.

›Ellan, wo bist du?‹ dachte ich so intensiv wie möglich.

Als ich die Augen wieder schloss, konnte ich spüren, wie mein Körper von Wärme erfüllt wurde. Ich wusste, mein Schutzengel war bei mir.

›Ich grüße dich, mein Kind‹, sagte der Engel.

›Hallo Ellan, ich hab so viele Fragen an dich‹, platzte es aus mir heraus.

›Nur zu, Nina, ich werde sie dir gerne beantworten.‹

›Wir unterhalten uns, dabei lieg ich doch in meinem Bett und kann mich weder rühren noch sprechen. Wie kommt es dann, dass ich mit dir sprechen kann und mich sogar gesund fühle? Und neulich, da war ich doch wieder mit dir im Schloss und danach in diesem komischem weißen Raum, wo ich so viel auf einmal erlebt habe. Das war doch echt, oder? Ich versteh das alles nicht. Wie ist das möglich? Wie kann ich einerseits krank und bewegungslos im Bett liegen und andererseits gesund sein und mich bewegen?‹

›Das sind gute Fragen, Nina. Und die Antwort lautet: Du benutzt deinen Geist und damit kannst du alles erreichen.‹

›Meinen Geist?‹

›Ja. deinen Geist.‹

›Was meinst du mit Geist, Ellan? Ich hab schon von Geistern gehört, das sind doch Gespenster, oder? Ich wusste nicht, dass ich mein eigenes Gespenst habe. Kann ich es mal sehen? Ist es lieb oder gruselig?‹

Der Engel lachte herzlich.

›Mein liebes Mädchen, dein Geist ist kein Gespenst, sondern ein Teil von dir, dein eigentliches Selbst. Mit dem Geist bist du imstande, überall zu sein und alle Barrieren zu sprengen. Alle fühlenden Wesen sind mit einem Geist ausgestattet und sind so miteinander verbunden. Mit Hilfe des Geistes kann sich jeder Mensch mit allen anderen Wesen im Universum verbinden und mit ihnen kommunizieren. So wie wir beide es gerade tun.‹

›Irre! Und das alles kann ich auch?‹

›Ja, das kann jeder Mensch, Nina.‹

›Kann ich auch etwas mit meinem Geist machen, damit ich wieder gesund werde?‹ Ich war doch etwas skeptisch.

›Ja, Nina, du kannst deinen Körper damit trainieren.‹, sagte der Engel unbeirrt.

›Und wie geht das?‹

›Wenn du möchtest, kann ich es dir beibringen.‹

›Klar möchte ich das, ich habe heute noch nichts vor.‹ Ich musste über meinen eigenen Witz lachen und Ellan stimmte ein.

›Es ist schön, dich so fröhlich zu sehen, Nina. Also fangen wir an. Konzentriere dich zuerst auf deinen linken Fuß. Und denke dabei: Mein Fuß ist warm, ganz warm. Stell dir vor, dass dein Fuß von der Sonne gewärmt wird und dass er sich immer wärmer anfühlt. Du kannst dir mit allen möglichen Bildern vorstellen, was Wärme für dich bedeutet. Wärme kann warmes Wasser, eine Wärmflasche oder etwas Ähnliches sein. Konzentriere dich so lange wie möglich auf das Gefühl von Wärme, bis du wirklich Wärme in deinem Fuß wahrnimmst.

Wenn das geklappt hat, stell dir vor, dass der Fuß abkühlt. Sag dir: Kalt, ganz kalt. Stell dir vor, dass dein Fuß jetzt auf Eis gelegt oder in kaltes Wasser getaucht wird. Stell es dir so bildhaft wie möglich vor, bis du die Kälte wirklich spüren kannst. Wenn das geklappt hat, kannst du es mit dem anderen Fuß probieren. Mit der Zeit wird die Empfindung sofort da sein, wenn du nur an Wärme oder Kälte denkst. Dann kannst du dasselbe auch mit anderen Körperteilen machen, mit Armen, Knien, Schultern oder dem Rücken. Mach diese Übung aber nie mit dem Kopf, sonst wird dir zu heiß.‹

Ellan wünschte mir viel Spaß beim Üben und verschwand. Mir blieb nichts anderes übrig, als es zu versuchen, denn ich lag ja sowieso nur rum.

Ich fing also an, mir den rechten Fuß warm zu denken, aber es wollte irgendwie nicht so recht klappen. Ich stellte mir vor, dass mich ein Feuerdrache besuchte, der mir bei meiner Übung helfen wollte. Er holte tief Luft und blies dann seinen feurigen Atem auf meinen Fuß. Er blies, bis mein Fuß immer röter wurde und anfing zu brennen. Und plötzlich spürte ich etwas Warmes in meinem Bein. Das war ein unglaubliches Gefühl, ich hatte es wirklich geschafft. Ich bedankte mich bei dem Feuerdrachen und er flog nach Hause.

Dann kam der zweite Teil, ich sollte Kälte erschaffen. Also dachte ich daran, was der Engel gesagt hatte: Kalt, immer kälter. Aber ich spürte noch immer Wärme in meinem Fuß. Dann fiel mir die Schneekönigin aus einem Märchen ein, das mir meine Mama einmal vorgelesen hatte. Ich stellte mir vor, dass die Schneekönigin zu mir ins Zimmer kam und meinen Fuß mit ihrer eisigen Hand berührte. Ich malte mir aus, wie mein Fuß immer weißer wurde. Die Königin fing an, ihren kalten Atem auf den Fuß zu blasen, und er wurde immer kälter und eisiger, bis er ganz gefroren war. Und tatsächlich fing ich an, Kälte zu spüren. Ich war überglücklich, dass es mir gelungen war. Ich bedankte mich bei der Schneekönigin und sie ging in ihre Märchenwelt zurück.

So experimentierte ich einige Zeit mit verschiedenen Körperteilen, bis ich die Technik ziemlich gut beherrschte. Mittlerweile reichte es schon aus, nur an Wärme oder Kälte zu denken, und schon fühlte sich der Körperteil auch so an.

Ich rief Ellan und er erschien sofort.

›Wie ich sehe, warst du sehr fleißig, Nina‹, sagte er lobend. ›Jetzt da du den ersten Teil der Übung beherrscht, kannst du zum zweiten Teil übergehen. Konzentriere dich wieder auf deinen rechten Fuß und stell dir so intensiv wie möglich vor, dass du den Fuß anspannst und entspannst. Mal dir genau aus, wie du die Fußspitze nach vorne streckst und wieder anziehst.‹

Ich wollte es gleich ausprobieren. Der Engel wünschte mir viel Erfolg und verschwand.

Ich konzentrierte mich so gut ich konnte auf meinen Fuß und stellte mir vor, wie er sich anspannte und entspannte. Ich malte mir genau aus, wie sich die Fußspitze nach vorne streckte und sich dann wieder entspannte. Ich dachte, ich würde meiner Mutter mit den Füßen zuwinken. Das war so anstrengend, du kannst es dir nicht vorstellen. Ich fing richtig an zu schwitzen. Ich übte den ganzen Tag und am Abend schlief ich völlig erschöpft ein. Am nächsten Tag machte ich weiter, bis ich das Gefühl hatte, die Technik zu beherrschen.

Ellan erschien sofort, als ich an ihn dachte.

›Du bist wirklich sehr fleißig‹, sagte er. ›Ich bin sehr stolz auf dich Nina. Wenn du so weiter machst, wirst du es bestimmt schaffen, wieder gesund zu werden.‹

›O ja, das ist doch mein größter Wunsch. Ich werde mir alle Mühe geben, wirklich. Ich werde mich ganz ernsthaft anstrengen.‹

›So ernst musst du aber nicht sein. Ich meine, du sollst zwar ernsthaft daran glauben, dass du es schaffst, das ist sogar sehr, sehr wichtig. Nur sollst du besser mit Leichtigkeit und Freude üben. Je mehr du dich freust, desto schnellere Erfolge wirst du erzielen können.‹

›Ich will es ja versuchen, lieber Ellan. Aber du weißt doch, dass ich mich nicht jeden Tag freuen kann. Es gibt Tage, an denen mir alles schwer fällt, weil ich so große Schmerzen habe oder meine Mama so viel weint. Das macht mich sehr traurig, dann kann ich mich nicht freuen.‹

›Aber Nina, überleg doch einmal. Wenn du traurig bist, wird deine Situation dadurch besser? Oder weint deine Mama dann weniger?‹

›Eigentlich nicht.‹

›Siehst du, mein Kind, es macht es nicht besser, es macht es nur noch schlimmer.‹

›Du hast ja Recht, Ellan, aber wenn ich meine Mama so sehr weinen höre oder wenn ich Schmerzen habe, dann geht es doch nicht, dann kann ich mich doch unmöglich freuen.‹

›Probier es einfach aus, Nina. Du hast es schon einmal gemacht, als du dir die Geschichten ausgedacht hast. Versuch es doch noch einmal.‹

Also blieb mir nichts anderes übrig, als es auszuprobieren.

Zuerst dachte ich darüber nach, über was ich mich freuen könnte. Anfangs dachte ich an Ellan. Ja, ich konnte mich wirklich darüber freuen, dass ich einen so netten Schutzengel hatte. Das war schön! Je mehr ich daran dachte, desto mehr Freude spürte ich in mir, bis ich vor Freude weinte. Dann überlegte ich mir weitere Gründe zur Freude. Draußen schien die Sonne, die Vögel sangen ihre Lieder, um den Frühling zu begrüßen. Ich freute mich auch darauf, dass es bald wärmer sein und dass man mich öfters auf die Veranda legen würde. Je länger ich darüber nachdachte, desto intensiver wurde meine Freude noch.

Die Pflegerin kam ins Zimmer und brachte eine Schüssel mit warmem Wasser und Handtücher mit, um mich wie üblich frisch zu machen.

›Darüber kann ich mich auch freuen‹, dachte ich. ›Ich freue mich, dass ich eine so liebe Pflegerin habe, die sich um mich kümmert.‹

›Hallo Nina, gleich wirst du gewaschen‹, kündigte sie an. ›Du siehst heute aber fröhlich aus. Geht es dir gut?‹

Ich blinzelte zwei Mal, was, ›ja‹ bedeutete.

›Das ist aber schön, das freut mich sehr‹, sagte sie und strahlte.

›Toll!‹ dachte ich, ›wenn ich mich freue, dann ist auch meine Pflegerin froh. Das gefällt mir.‹

Seit jenem Tag sah mein Leben ganz anders aus als vorher. Jeden Tag sagte ich mir beim Aufwachen, dass heute ein sehr fröhlicher Tag werden wird. Ich überlegte mir hundert Dinge, auf die ich mich freuen konnte. Einmal freute ich mich sogar über den kläffenden Hund des Nachbarn, der den halben Tag keine Ruhe gab und immerzu bellte. Obwohl es mich sonst immer nervte, schaffte ich es dieses Mal, mich darüber zu freuen.«

Robert lachte, weil er sich vorstellte, wie es wohl sein muss, sich zu freuen, obwohl man eigentlich genervt ist.

»Außerdem machte ich meine Körperübungen weiter«, fuhr Nina in ihrer Erzählung fort. »Ich massierte meine Füße und Arme, Knie und Ellbogen, Schultern und Hüften von innen, indem ich mir vorstellte, sie anzuspannen und zu entspannen. Ich übte auch mit Wärme und Kälte weiter und freute mich, dass es mir mit der Zeit immer besser gelang. Ellan war sehr stolz auf mich und ermutigte mich, unbedingt weiter zu machen. Ich fühlte mich jeden Tag ein wenig besser und mittlerweile war es auch den anderen aufgefallen.

Der Arzt, der regelmäßig zu uns nach Hause kam, um mich zu untersuchen, sagte meiner Mutter, dass er von meinem guten Zustand sehr überrascht sei. Er verschrieb mir Massagen und die Pflegerin sagte mir, dass ab der nächsten Woche jemand kommen würde, um mich jeden Tag zu massieren.

Das klang viel versprechend. Meine Mama weinte fast nicht mehr und sogar mein Papa kam jetzt öfters, um mich zu besuchen.«

Nina unterbrach ihre Geschichte und sah erwartungsvoll zur Tür. »Deine Oma kommt, Robert.«

8

»Ach, guck mal da. Du bist ja schon wach, Robert«, sagte seine Großmutter erstaunt, als sie ins Zimmer kam.

O bitte noch nicht Oma, es ist gerade so interessant, wollte Robert sagen, aber aus seinem Mund kam kein Laut. Wenn er doch nur wie Nina sprechen könnte!

»Mama hat angerufen, sie wird gleich da sein.«

»Weißt du was, Robert, wir können ja morgen weiter reden«, sagte Nina. »Tschüs, und mach's gut bis dahin.«

Nina verschwand mitsamt dem Sessel, bevor Robert sich von ihr verabschieden konnte. Er wollte unbedingt hören, wie ihre Geschichte weiterging, weil sie ihn so sehr berührte. Schließlich wusste er ja aus eigener Erfahrung, wie es ist, behindert zu sein und seinen Körper nicht steuern zu können. Er brannte förmlich darauf zu erfahren, wie Ninas Geschichte ausging. Wenn sie es geschafft hatte, gesund zu werden, dann konnte er es ja vielleicht auch. Den Rest des Tages war Robert so sehr in Gedanken versunken, dass er nicht einmal recht merkte, wie seine Mama ihn abholte und nach Hause brachte.

»Was ist denn mit dir, mein Schatz, du wirkst so verloren, so in dich versunken. Ist etwas passiert?«, fragte Roberts Mutter besorgt, als sie ihm ins Bett brachte. Natürlich erwartete sie keine Antwort, aber sie war sich sicher, dass er sie verstand.

Ja Mama, es ist etwas passiert und zwar eine ganze Menge. Ich weiß nur nicht, wie ich es dir erklären soll.

Aber da Anna seine Gedanken nicht hören konnte, lächelte Robert wenigstens ein bisschen, um sie zu beruhigen.

Am Abend las Anna ihrem Robert sein Lieblingsmärchen »Peter Pan« vor. Obwohl er das Märchen schon unzählige Male gehört hatte, kam es ihm heute wie das allererste Mal vor. Robert hörte die Geschichte nämlich von einer ganz anderen Warte aus, er hörte sie so, als sei sie genau so in Wirklichkeit geschehen. Denn alles passte genau zu dem, was Nina ihm heute erzählt hatte. In der Geschichte konnte Peter Pan nämlich nur dann fliegen, wenn er seine wunderbaren Erinnerungen bei sich hatte.

Sind wunderbare Erinnerungen nicht dasselbe wie Freude und glückliche Gedanken?, überlegte sich Robert. *Wenn man sich an etwas Gutes erinnert, dann freut man sich doch. Und das ist so wunderbar, dass man fliegen kann.*

Mit diesen Gedanken schlief Robert ein. In der Nacht träumte er von Nina und von Peter Pan, vom Engel und bellenden Nachbarhunden.

»Guten Morgen, mein kleiner Liebling«, weckte ihn seine Mutter und küsste ihn auf die Stirn. »Heute hat Tante Uta Geburtstag, wir sind zum Mittagessen bei ihr eingeladen.«

Schade. Ich hatte gehofft, den ganzen Tag mit Nina verbringen zu können, dachte Robert, aber niemand hörte ihn.

Anna nahm Robert auf den Arm und trug ihn ins Badezimmer, um die morgendliche Toilette zu erledigen. Während sie ihm die Zähne putzte und das Gesicht wusch, überlegte sich Robert, ob er sich nicht lieber über irgendetwas freuen sollte, statt sich schon jetzt darüber zu ärgern, dass er mit zu Tante Uta musste.

So fing er an, sich zu überlegen, worüber er sich freuen könnte. Als seine Mutter ihm die Hände mit einem warmen Waschlappen wusch, versuchte Robert sich darüber zu freuen, dass das Wasser warm und nicht kalt war. Dabei dachte er aber auch daran, wie es wäre, wenn der Waschlappen kalt wäre. Er malte sich aus, wie er dann frieren würde und dieser Gedanke machte es ihm unmöglich, sich auf Freude zu konzentrieren. Das Dumme dabei war, dass ihm nun wirklich kalt wurde. Und das war sehr unangenehm! Als Robert dies bewusst geworden war, erkannte er, dass es gar nicht so leicht ist, an etwas Freudiges zu denken, wenn man keine gute Laune hat.

»Wieso magst du Tante Uta eigentlich nicht?« hörte Robert plötzlich Nina sagen, als er in seinem Stuhl in der Küche saß.

»Hallo Nina, wie schön, dass du da bist. Ich mag meine Tante schon, aber ich hatte gedacht, da heute Samstag ist, könnte ich mehr Zeit mit dir verbringen.«

»So, so, und jetzt gibst du die beleidigte Leberwurst, nur weil es nicht nach deinen Vorstellungen läuft?« Nina setzte ihr strenges Oberlehrerinnengesicht auf.

»He, ich bin doch keine Leberwurst«, erwiderte Robert etwas gekränkt.

»Ist schon gut, sei nicht gleich sauer. Ah, da kommt ja deine Mama, um dich zu füttern. Ich gehe lieber ins Wohnzimmer und schaue nach den Pflanzen, bis du gegessen hast.«

Beim Essen dachte Robert darüber nach, was Nina gesagt hatte, nämlich dass er es als schlecht bewertet, wenn etwas nicht nach seinen Vorstellungen läuft.

»Magst du dir jetzt die Sendung mit der Maus anschauen, mein Schatz?« fragte seine Mutter, als Robert mit dem Essen fertig war.

Robert nickte, damit er ins Wohnzimmer gebracht würde, wo er sich weiter mit Nina unterhalten konnte.

Seine Mutter trug ihn ins Wohnzimmer und setzte ihn in seinen Buggy, von wo aus er gewöhnlich fernsah, und schaltete das Erste Programm ein.

»Gleich geht's los, viel Spaß. Ich backe schnell einen Kuchen für Tante Uta.« Sie küsste Robert auf die Stirn und ging in die Küche.

»Es tut mir Leid, Robert, ich wollte dich nicht beleidigen.«

»Nina, du hast ja Recht, dass ich schlechte Laune bekomme, wenn etwas nicht nach meinen Vorstellungen läuft. Aber ich freue mich riesig, dich wieder zu sehen.«

»Ich mich auch, Robert.«

Wieder erschien wie aus dem Nichts der rote Sessel und Nina machte es sich darin gemütlich. Sie schnipste mit den Fingern und schon schaltete sich der Fernseher ab. Aus der Küche hörten sie laute Musik und den brummenden Mixer.

»So, jetzt sind wir endlich ungestört.«

Robert saß nur da und grinste übers ganze Gesicht, weil er so glücklich war. So saßen sie eine Weile da und sprachen kein Wort, denn keiner wollte die schöne Stille als Erster stören.

»Was erzählen dir die Pflanzen denn eigentlich?« sagte Robert nach einer Weile.

»Ach, dieses und jenes. Wir haben uns gerade über das Wetter unterhalten.«

»Kann man wirklich mit Pflanzen sprechen?«

»Sicher, man kann auch mit den Bäumen, dem Himmel, den Wolken und sogar mit Steinen und Bergen reden.«

»Ich kann mir das gar nicht vorstellen. Wie sollen sie denn antworten, sie haben doch gar keinen Mund.«

»Du brauchst doch auch keinen Mund, um dich mit mir zu unterhalten.«

»Ja, aber wenigstens habe ich einen.«

»Den du aber nun einmal zur Zeit nicht benutzen kannst! Um miteinander zu kommunizieren, reicht ein Mund nicht aus, Robert, man braucht schon einen Geist, um sich auszutauschen.«

Robert ignorierte das komische Wort »kommunizieren«. »Und Pflanzen und Berge haben einen Geist?«

»Klar doch, alles hat einen Geist, auch in jeder Materie ist ein Geist vorhanden.«

»In jeder Materie? Auch vielleicht in diesem Haus?« Robert musste bei der Vorstellung lachen, sich mit dem Haus zu unterhalten.

»Na und ob, auch in Orten und Ländern – einfach in allem.«

»Und wie antworten sie dir? Kann ich auch mit ihnen reden?«

»Du kannst mit allem kommunizieren, was es gibt, wenn du es nur willst. Probiere es einfach aus, dann wirst du schon sehen, ob du eine Antwort bekommst. Aber das kannst du auch später versuchen, wenn ich wieder weg bin. Lass uns jetzt über etwas anderes reden.«

»In Ordnung. Magst du jetzt deine Geschichte zu Ende erzählen?«

»Ja sicher, nichts lieber als das«, sagte Nina erfreut und fing sofort an zu erzählen.

»Ellan kam ab und zu vorbei und lobte meine Fortschritte. Er versicherte mir, dass ich auf dem besten Weg zu völliger Genesung wäre, wenn ich so fleißig an mir weiterarbeiten würde. Eines Tages sagte der Engel, dass er mir heute beibringen wollte, mit dem ganzen Körper zu atmen. Ich fand es sehr spannend, weitere Übungen zu lernen.

›Schließ deine Augen, Nina‹, sagte er. ›Konzentriere dich auf deinen Atemfluss. Spüre, wie die Luft durch deine Nase ein-und ausströmt, wie kühl sie beim Einatmen ist und wie warm beim Ausatmen. Konzentriere dich ganz auf diese Empfindungen.‹

Ich tat, was er sagte, und spürte die Kühle beim Einatmen und die Wärme beim Ausatmen. Ich fand es sehr amüsant, dass es sich tatsächlich so anfühlte.

›Jetzt stell dir vor, dass dein Atem sich bis in deinen Hals ausbreitet und dass du beim Einatmen Kühle spürst und beim Ausatmen Wärme.‹

Ich probierte es und es gelang mir sofort.

›Jetzt atme weiter bis in den Bauchnabel hinein. Empfinde Wärme beim Ausatmen und Kühle beim Einatmen‹, fuhr der Engel fort. Es war unglaublich!

Auch das gelang mir auf Anhieb. Als Nächstes atmete ich bis in die Füße, dann in die Handflächen und in alle Körperteile, bis ich schließlich das Gefühl hatte, mit dem ganzen Körper zu atmen. Das war ein sehr befreiendes Gefühl. Denn jetzt konnte ich meinen ganzen Körper wahrnehmen.

›Versuche als Nächstes, Glücksgefühle zu empfinden, während du mit dem ganzen Körper atmest. Du kannst dabei an etwas Gutes denken. Versuche mit jedem Atemzug immer mehr Glück in dir aufsteigen zu lassen, bis dein ganzes Wesen von Glück erfüllt ist‹, sagte der Engel.

Ich versuchte es und es war so schön, Robert. Je mehr glückliche Gedanken ich dachte, während ich mit dem ganzen Körper atmete, desto mehr Freude floss durch mich hindurch, bis ich das Gefühl hatte zu schweben. Das war unbeschreiblich schön und entspannend.«

»Bist du dann geflogen, so wie du schon vorher geflogen bist?«, fragte Robert.

»Nein, diesmal war es anders, es war ein Gefühl, vor Glück zu schweben. Es ist schwer, dieses Erlebnis in Worte zu fassen.«

»Ach, wahrscheinlich war es wie bei Peter Pan, der musste auch an seine wunderbaren Erinnerungen denken, bevor er fliegen konnte.«

»Ja, das kann schon sein, aber am besten probierst du es selbst einmal aus.«

»Ich? Ausprobieren? Du meinst, ich soll versuchen, mit dem Körper zu atmen? Du hast doch gesagt, ich soll mit den Pflanzen sprechen«, sagte Robert staunend.

»Ja, das auch. Du kannst beides: mit den Pflanzen sprechen und die Körperübungen machen. Ehrlich gesagt hoffe ich sehr, dass du jetzt anfängst an dir zu arbeiten.«

Robert brummte der Kopf. War Nina zu ihm gekommen, damit er alles, was sie gelernt hatte, auch ausprobierte und auf diese Weise gesund wurde? War es möglich, dass die Frau, die seiner Mutter einmal prophezeit hatte, dass er ganz gesund werden würde, vorausgesehen hatte, dass ein Mädchen erscheinen würde, um ihn zu heilen?

»Ist das wirklich meine Chance, meinem Leben eine Wendung zum Besserem zu geben und endlich so wie die anderen Menschen zu werden, nämlich gesund?«

Roberts Gedanken überschlugen sich. Nina strahlte.

»Klar doch, Nina«, sagte er schließlich. »Ich werde alles tun, was du sagst. Ich werde atmen, mich freuen, meinen Körper trainieren und mit den Pflanzen sprechen. Hauptsache du bist bei mir.«

»Gut, dann haben wir das ja geklärt«, sagte Nina mit ihrer Professorinnenstimme. »Am besten fängst du noch heute damit an.«

»Gern. Womit genau soll ich anfangen? Soll ich gleich mit den Pflanzen sprechen?«

»Fang lieber erst einmal damit an, dich darauf zu freuen, ganz gesund zu sein. Verstehst du? Tu so, als ob du schon gesund wärst und dich darüber freust. Und dann kannst du dich noch zusätzlich auf den Kaktus in deinem Zimmer konzentrieren.«

Robert dachte etwas skeptisch an den mickrigen Kaktus, der in seinem Zimmer auf der Fensterbank stand. Dann fiel ihm ein, dass er schon wieder negative Gedanken hatte.

»Okay, ich werde es versuchen!« versprach er eifrig und grinste von einem Ohr zum anderen.

»Außerdem wirst du deinen Schutzengel kennen lernen«, fügte Nina noch hinzu.

»Meinen Schutzengel kennen lernen? Das auch noch? Wie funktioniert denn das? Ich weiß doch nicht, wie man seinen Schutzengel kennen lernt.«

»Ach, darum musst du dir überhaupt keine Sorgen machen, denn es ist wirklich ganz leicht. Schließ einfach die Augen und denke: ›Lieber

Schutzengel, ich möchte gerne dich sehen.‹ Das ist alles.«

Robert schloss die Augen und sprach in Gedanken Ninas Worte nach. Er war so aufgeregt, dass er zitterte. Nachdem er eine Weile gewartet und sich kein Engel gezeigt hatte, sagte er Nina enttäuscht, dass er nichts sehen könne.

»Komisch, ich sehe meinen Schutzengel sofort, wenn ich an ihn denke«, sagte Nina. »Vielleicht musst du dich zuerst entspannen, dann geht es vielleicht besser.«

»Ja, vielleicht. Und wie entspanne ich mich?«

»Probiere es mit dem Atem! Atme mit dem ganzen Körper, denn das ist wirklich sehr entspannend.«

Robert konzentrierte sich auf seinen Atem, so wie Nina es ihm beschrieben hatte. Er atmete und konzentrierte sich auf die Kühle in der Nase beim Einatmen und auf die Wärme beim Ausatmen. Dann verlagerte er seine Aufmerksamkeit in den Hals, dann in den Bauch, und danach in die Füße und Arme, bis er zum Schluss mit dem ganzen Körper atmete. Die Technik war wirklich ganz leicht, fand er, denn sie gelang ihm auf Anhieb.

»Denk dabei an etwas Gutes«, sagte Nina.

Robert dachte an den Tag, an dem ihm Nina zum ersten Mal erschienen war und er sich zum ersten Mal in seinem Leben mit jemandem unterhalten konnte. Dies waren seine wunderbarsten Erinnerungen. Er spürte, wie sich sein ganzer Körper mit einer leichten Energie füllte, was ein Gefühl großer Freude in ihm auslöste.

Im selben Augenblick dachte Robert an seinen Schutzengel und daran, wie schön es wäre, ihn jetzt zu sehen. Plötzlich roch er den Duft von Vanillepudding und es schien ihm, als würde sich dieser Duft in seinem ganzen Körper ausbreiten. Das Gefühl war so unbeschreiblich schön, dass er vor Glück weinte.

»Kannst du deinen Engel sehen, Robert?«

Robert schluchzte. »Nein, aber ich weiß, dass er da ist, denn ich kann ihn riechen. Das ist so schön, so schön!«

Das Glücksgefühl hatte ihn vollkommen überwältigt, so dass er nicht in der Lage war, mehr darüber zu reden. Er war in seinem ganzen Leben noch nie so glücklich gewesen wie in diesem Augenblick.

Nina spürte es. Sie wartete geduldig und sagte kein Wort, damit er diesen herrlichen Moment in vollen Zügen genießen konnte.

Nach einer Weile wurde Robert ruhiger und hörte auf zu weinen, aber die wunderbaren Gefühle blieben weiter in ihm. Jetzt war es, als ob er sich schon daran gewöhnt hätte, und nun konnte er auch wieder mit Nina sprechen.

»Ich danke dir, liebe Nina, das ist so toll!« »Gern geschehen. Wie riecht denn dein Schutzengel, Robert?«

Robert lachte. »Stell dir vor, er riecht nach Vanillepudding, nach meinem Lieblingsessen!« »Aha«, sagte Nina verständnisvoll. In diesem Moment kam Roberts Mutter ins Zimmer. »Das gibt's doch nicht, jetzt sitzt du schon wieder vor dem ausgeschalteten Fernsehgerät!« »Wir sehen uns dann morgen, Robert. Übe fleißig weiter«, sagte Nina und verschwand mitsamt dem Sessel, bevor Robert etwas sagen konnte.

9

»Mit unserem Fernseher geschieht etwas Merkwürdiges, David. Heute war schon das zweite Mal, dass er einfach ausging«, sagte Anna zu ihrem Mann, als sie mit dem Auto zu Tante Uta fuhren.

Robert saß hinten in seinem Sitz und fing an laut zu lachen, als er das hörte.

»Warum lachst du denn, Robert? Du hast doch nichts damit zu tun, oder?«, fragte seine Mutter und drehte sich zu ihm um.

»Also Anna, was ist denn das für eine Frage?«, sagte David leicht verärgert. »Wie hätte er das anstellen sollen? Das ist doch lächerlich! Wahrscheinlich hast du selbst die Fernbedienung gedrückt und es dann vergessen.«

Nun war es an Anna verärgert zu reagieren. »David, wofür hältst du mich eigentlich? Ich bin doch nicht wirr im Kopf!«

Jetzt geht das schon wieder los, dachte Robert. *Andauernd müssen sie sich streiten. Wenn ich reden könnte, würde ich ihnen sagen, dass es für ein Kind sehr schwer ist, sich dauernd anhören zu müssen, wie sich Papa und Mama zanken.*

Um den Streit seiner Eltern nicht hören zu

müssen, konzentrierte sich Robert auf die rechte Fußspitze und versuchte die Wärme dort zu spüren. Dabei dachte er: *Mein rechter Fuß ist heiß, heiß, heiß.* Er malte sich aus, dass er seine Fußspitze über einen Vulkan hielt, was allerdings nicht so richtig klappte. Dann versuchte er die Vorstellung mit der Atmung zu kombinieren. Dabei konzentrierte er sich auf das Ausatmen, weil man dabei sowieso Wärme empfindet, und versuchte bis in die Fußspitze hinein auszuatmen. Es gelang ihm fast auf Anhieb. Er fühlte, dass die rechte Fußspitze wärmer war als die linke. Voller Freude probierte er es danach mit dem linken Fuß, was ihm sofort gelang. Da er es sehr angenehm fand, Wärme in den Füßen zu spüren, beschloss er bei diesem Gefühl zu bleiben.

Er schickte die Wärme in jede Zelle, so dass schon nach kurzer Zeit sein ganzer Körper angenehm warm wurde. Robert dachte voller Dankbarkeit an Nina, dieses hübsche Mädchen, das sein Leben verändert hatte. Dann fiel ihm sein Schutzengel ein. Wie gerne würde er ihn jetzt sehen!

In diesem Moment hatte er das Gefühl, als ob sich sein Körper vom Sitz erheben und durch das Autodach hindurch nach oben schweben würde. Das war für ihn ein ganz neues Gefühl, ein Gefühl grenzenloser Freiheit. Robert verspürte den Drang, seine Arme hoch über den Kopf zu strecken, und als er das tat, schoss er mit der Geschwindigkeit einer Rakete nach oben. Er flog in den Himmel hinein und an den Wolken vorbei direkt in das Weltall hinaus. In Sekundenschnelle sauste er am Mond, den Planeten und den Sternenbildern vorbei.

»Unglaublich! Das ist ja Klasse!«, schrie Robert vor Begeisterung. »Ich kann fliegen!«

Nach einiger Zeit, in der er seine neu gewonnene Freiheit ausgiebig genoss, wollte er auch etwas sehen und nicht nur mit Lichtgeschwindigkeit herumsausen. Aber leider wusste er nicht, wie er es anstellen sollte, langsamer zu werden.

»Ich wünschte, ich würde langsamer werden«, dachte Robert. Und im selben Augenblick verspürte er den Impuls, seine Arme eng an den Körper zu legen. Sofort wurde er langsamer, bis er schließlich auf der Stelle schwebte.

Robert schaute sich genauer um. Überall um ihn herum waren Sterne, die unbeschreiblich schön funkelten. Unter seinen Füßen sah er einen lilafarbenen Planeten, der wundervoll leuchtete.

Einen Moment lang wunderte sich Robert darüber, dass ihm überhaupt nicht kalt war. Genauer gesagt fühlte sich sein Körper angenehm warm an, wie im Auto bei der Übung. Auch atmen konnte er ganz normal, und auch das war erstaunlich, denn er wusste aus den Büchern, die ihm seine Mutter vorgelesen hatte, und aus den Fernsehsendungen, die er gesehen hatte, dass es im Weltall keinen Sauerstoff gibt und dass es dort sehr kalt ist.

Der Planet leuchtete nun in verschiedenen Lila- und Rosatönen. Robert fühlte sich unwiderstehlich von ihm angezogen. Er dachte darüber nach, wie er es wohl anstellen sollte, dort hinunter zu fliegen.

»Strecke die Arme seitwärts aus, dann kannst du die Geschwindigkeit regulieren«, sagte eine Stimme in seinem Kopf.

»Ist da jemand? Oder höre ich nur meine eigenen Gedanken?«

Robert schaute sich um, konnte aber niemanden entdecken. Und so beschloss er, die Arme wie bei einem Flugzeug seitlich auszustrecken, und einfach abzuwarten, was passieren würde. Und tatsächlich bewegte er sich sofort mit einer sehr angenehmen Geschwindigkeit vorwärts. Robert zog die Arme etwas näher zum Körper und wurde langsamer, dann streckte er sie etwas nach oben, woraufhin er sofort beschleunigte. Und als er die Arme ganz eng an den Körper drückte, bewegte er sich nicht mehr vom Fleck.

»So geht das also!«, jubelte er und flog eine große Übungsrunde. Robert merkte, dass jede kleine Veränderung der Arme seine Geschwindigkeit veränderte und dass es ausreichte, den Körper ganz leicht zu drehen, um die Richtung zu ändern. Es war ein völlig neues Gefühl für ihn, seinen Körper zu spüren und ihn zu bewegen. Jetzt kam er sich vor wie Peter Pan. Er führte komplizierte Drehungen aus, flog Loopings und jubelte dabei vor Begeisterung.

»Wahnsinn! Ach, wenn ich doch meinen Körper immer so steuern könnte!«

Als er genug geübt hatte, hielt er direkt auf den lilafarbenen Planeten zu.

Dieser war übersät mit wunderschönen Blumen in den verschiedensten Farben, die von dunklem Violett über zarte Lilatöne bis hin zu Rosa und Weiß reichten. Inmitten dieses Blumenmeers standen zwei goldene Plattformen, die durch eine goldene Brücke miteinander verbunden waren. Die Blumen spiegelten sich in der glatten Oberfläche der Brücke und bildeten unbeschreiblich schöne Muster.

Robert landete in der Mitte der Brücke, die etwa drei Meter breit war und kein Geländer hatte. Vorsichtig ging er zum Rand, um nach unten zu schauen, aber da ihm dabei schwindelig wurde, wich er zurück.

»Du brauchst keine Angst zu haben, hinunter zu fallen. Schließlich kannst du doch fliegen, oder etwa nicht?«

Robert drehte sich nach der Stimme um und sah einen strahlendweißen Engel vor sich stehen, der angenehm nach Vanillepudding duftete.

»Bist du mein Schutzengel?« fragte Robert begeistert.

»Ja, mein Junge, ich bin dein Schutzengel.«

Robert war so von seinen Gefühlen überwältigt, dass er zu dem Engel hinlief, ihn ganz fest umarmte und vor Freude weinte.

»Ich wusste, dass ich dich einmal treffen würde!« sagte er mit bebender Stimme.

»Ja, ich weiß, mein Junge, ich weiß.«

Robert stand in der Umarmung des Engels da und weinte leise vor sich hin. Zuerst weinte er vor Freude darüber, seinem Engel begegnet zu sein, und dann wegen dem Schmerz, den er in seiner Brust spürte. Das war der bittere Schmerz des Selbstmitleids und der Enttäuschung. Immer wieder stellte er sich die Frage: »Warum ausgerechnet ich? Warum musste ich behindert zur Welt kommen? Warum kann ich nicht so gesund sein wie andere Menschen?«

Robert weinte hemmungslos und sein Engel tröstete ihn. Die Gefühle des Selbstmitleids verwandelten sich in Schuldgefühle seinen Eltern gegenüber. Er gab auch sich die Schuld daran, dass sich seine Eltern so häufig stritten. Dann spürte Robert Angst in sich aufsteigen, dass sich sein Leben möglicherweise nie bessern würde. Und diese Angst lähmte ihn völlig.

»Alles wird gut, mein Junge. Glaub mir, alles wird gut«, sagte der Engel tröstend.

Dann legte er die Hände auf Roberts schmale Schultern und schaute ihm tief in die Augen. Die Engelsaugen glichen den Tiefen des Ozeans. Und

Robert fiel in diese unendliche Tiefe hinein. Dort sah er sich selbst und sein kurzes Leben wie einen Film rückwärts laufen. Er sah ein Jahr nach dem anderen vorbeiziehen, dann die Geburt, die Zeit in Mutterleib, seine Zeugung. Dann sah er die unendliche Weite des Universums in seiner Ehrfurcht gebietenden Schönheit und spürte seine Verbundenheit damit. Er fühlte deutlich, dass er ein Teil davon war, ein Teil des großen Ganzen, der Gottheit.

Robert ging vollkommen in diesem grenzenlosen Einssein auf und erinnerte sich an die Unendlichkeit seiner Seele und an die unbegrenzten Möglichkeiten seiner Existenz. Er spürte auch, dass dieses Leben eine sehr große Chance für ihn war, um geistig zu wachsen. Er begriff den Sinn seines Daseins nicht mit dem Verstand eines siebenjährigen Jungen, sondern mit der unermesslichen Weisheit einer unsterblichen Seele. Dieses Begreifen durchfuhr seinen ganzen Leib wie ein Stromstoß, der jede Zelle seines Körpers belebte. Er spürte auch die unendliche, bedingungslose Liebe, die vom Universum ausging, und fühlte sich sicher und geliebt. Sein Herz war erfüllt von der machtvollen Präsenz dieser Liebe.

Der Engel nahm die Hände von seinen Schultern und Robert hatte sofort das Gefühl, er würde fallen. Er fiel zurück in den Autositz.

Bäume und Häuser flogen hinter der Fensterscheibe vorbei, die Eltern sprachen in einem leicht generervten Ton miteinander. Das alles kam Robert so unwirklich vor. Er hatte den Eindruck, dass sein gegenwärtiges Leben nichts weiter als ein Film war, in dem er nicht nur Hauptdarsteller, sondern auch Drehbuchautor und Regisseur zugleich war, der die Handlung des Filmes jederzeit ändern konnte. Robert spürte Wärme und ein Kribbeln in seiner Brust. Nun wusste er, was Nina mit dem Satz gemeint hatte, dass Mutter-Vater-Gott die Menschen nach seinemihren Ebenbild erschaffen und ihnen einen freien Willen gegeben hatte.

»Ich werde gesund, weil ich es so will«, sagte Robert mit Bestimmtheit.

Ein Kribbeln durchfuhr seinen ganzen Körper, als er einen leichten Luftzug neben seinem Kopf spürte und wieder den Geruch vom Vanillepudding wahrnahm.

»Ich bin beschützt! Auf den Himmel kann ich immer zählen. Danke!«

Tränen der Dankbarkeit liefen ihm übers Gesicht und er wusste, dass alles gut sein würde.

10

»Robert, wach auf, du Schlafmütze, es ist ein neuer Tag! Und du hast heute viel vor.«

»Hä? Was soll denn das? Wie spät *ist* es, ich bin noch so müde.«

»Es ist fünf nach fünf irdischer Zeit.«

Robert öffnete die Augen und sah Nina in ihrem roten Sessel direkt neben seinem Bett sitzen.

»Guten Morgen, Robert.«

»Hallo Nina, was ist los? So früh hat mich Sonntags noch nie jemand geweckt.«

»Na ja, für alles gibt es ein erstes Mal. Deine Eltern werden noch mindestens drei Stunden schlafen, da können wir die Zeit doch sinnvoll nutzen, oder?«

»Okay, einverstanden!« Robert hätte sich gern den Schlaf aus den Augen gerieben, aber leider ... Noch etwas, auf das er sich freuen konnte.

»Wie war es denn gestern bei Tante Uta?«

»Ach, nicht besonders. Wie es bei Verwandten eben so ist. Aber als wir zu ihr gefahren sind, ist etwas Erstaunliches passiert.«

»Lass mich mal raten. Hast du deinen Schutzengel gesehen?«

»Ja!«

»Und du hast noch viel mehr Sachen gesehen und begriffen?«

»Ja, woher weißt du denn das?«

»Ach, ich weiß so einiges, was dich angeht. Aber wir wollen die Zeit nicht mit höflichem Gerede verschwenden, sondern gleich zum Wesentlichen kommen. Lass uns zuerst Bilanz ziehen, was du bis jetzt erfahren und gelernt hast.

Du hast erfahren, dass du nicht nur diesen Körper hast, sondern auch einen Geist besitzt, den du bewusst zu deinem Vorteil einsetzen kannst. Und außerdem bist du eine Seele, die ewig lebt und ein Teil von allem ist, was existiert, ein Teil von Mutter-Vater-Gott. Wir alle sind Teile des Einen. Aber hier auf der Erde nehmen wir uns aufgrund der besonderen Eigenschaften dieser Dimension als getrennt wahr. Was immer wir denken, sagen oder tun, wirkt sich auf alles aus und kommt zu uns zurück. Wir haben bereits darüber gesprochen, dass unsere Gedanken, Wörter und Taten unser Leben erschaffen.«

Robert wollte Nina sagen, dass sie etwas langsamer reden sollte, weil er kaum nachkam, aber sie sah ihn so streng an, dass er kein Wort herausbrachte.

Nina nickte und fuhr fort: »Dein Körper ist ein heiliges Gefäß, der Tempel deiner Seele, und deshalb sollst du ihn stets lieben und pflegen. Du sollst deinem Körper nur schöne, heilsame Gedanken schicken und deinen Geist benutzen, um ihn gesunden zu lassen. Zu diesem Zweck hast du bereits die Entspannungsübungen mit dem Atem und das Anspannen und Entspannen einzelner Körperteile kennen gelernt. Nun wirst du lernen, mit der Kraft deines Geistes deinen Gedankenfluss zu kontrollieren und ihn bewusst zu lenken.«

Robert hörte Nina aufmerksam zu. Manche der Worte, die sie benutzte, verstand er zwar nicht, aber mit seinem Herzen begriff er, was sie damit ausdrücken wollte. Gleichzeitig breitete sich ein angenehmes, warmes Kribbeln in seinem Körper aus und er spürte Zuversicht in sich aufsteigen. Er wusste, dass alles gut werden würde!

»Heute wollen wir uns mit dem wichtigsten Thema überhaupt beschäftigen, mit der Liebe«, sagte Nina und setzte dabei ihr ernstes Lehrerinnengesicht auf.

»Liebe ist die stärkste und höchste Energie des Universums. Liebe ist die Macht des Lebens, die Essenz des Seins. Liebe ist der Sinn des Lebens, denn die Gottheit ist Liebe. So kann Liebe alle Hindernisse, Begrenzungen und Blockaden in dir und um dich herum auflösen. Wenn man im Leben etwas erreichen oder verändern möchte, ist die Liebe der Weg, der auf jeden Fall zum Erfolg führt. Wenn du Gesundheit für deinen Körper wünschst, solltest du anfangen, deinen Körper zu lieben. Du solltest ihn so lieben, wie er jetzt ist, denn ihn abzulehnen hieße, die Symptome noch mehr zu verstärken und die Situation weiter zu verschlimmern. Lieben heißt erkennen und annehmen, wodurch dir die Möglichkeit gegeben wird, etwas zu verändern.«

»Heißt das, dass ich meinen behinderten Körper einfach so lieben soll wie er jetzt ist?«

»Ja, du hast es erfasst.«

»Aber, Nina, wie kann ich ihn denn lieben, wo er doch so kaputt ist und nicht macht, was ich will?«

»Gerade deswegen braucht dein Körper ja besonders viel Liebe. Liebe stärkt und baut auf, während Ablehnung schwächt und zerstört.«

»Gut, wenn du es sagst, dann wird es wohl stimmen. Ich fange sofort damit an, meinen Körper zu lieben«, sagte Robert entschlossen. »Aber wie mache ich das denn?«

»Das werden wir gleich herausfinden«, antwortete Nina lächelnd. »Schließ die Augen, Robert. Atme zuerst tief ein und atme weit aus. Überlege dir, in welchen Situationen oder bei welchen Menschen du Liebe empfindest.«

Robert dachte einen Moment nach. Dann sagte er: »Mama.« Er sah seine Mama vor sich, die sich jeden Abend vor dem Einschlafen zu ihm ins Bett legte, ihn liebevoll umarmte und küsste. Robert spürte, wie sich eine angenehme Wärme in seiner Brust ausbreitete. Das war schön. Robert erzählte Nina davon. Nina schien sehr zufrieden.

»Gut«, kommentierte sie, »das passt wunderbar. Nun musst du lernen, dieses Gefühl auf deinen ganzen Körper zu übertragen.«

»Und wie mach ich das?«

»Denke noch einmal daran, wie sich deine Mama bei dir ankuschelt. Spüre die Liebe, die du für sie empfindest. Versuche sie so deutlich wie möglich zu spüren.«

Robert tat, was Nina ihm vorgeschlagen hatte.

»Und jetzt«, sprach Nina weiter, »schicke dieses Gefühl der Liebe deinem Körper. Versuch die Liebe, die du deiner Mama gegenüber empfindest, auf deinen ganzen Körper zu übertragen. Schicke die Liebe ganz bewusst in deine Füße, Beine, Hände und Arme, dann in den Rücken, die Schultern, die Brust, den Bauch, das Becken und den Po. Schicke die Liebe in den Kopf, den Hals und dann in dein Herz.

Spüre, wie sich dieses wunderbare Gefühl in dir ausbreitet und wie alle Körperzellen anfangen zu tanzen. Spüre diesen lebendigen, prickelnden Tanz in dir, der dich zu neuem Leben erweckt. Nimm wahr, wie die Lebensenergie durch deinen Körper wirbelt, wie sie dich belebt, neue Ordnung schafft und Heilung bringt.«

Robert gab sich ganz dieser neuen Aufgabe hin. Er spürte, wie die Kraft in ihm wuchs. Und wie die Lust zunahm, am Leben zu sein. Plötzlich empfand er seine Situation als spannend. Er, Robert Kopp, der sieben Jahre lang krank gewesen war, bekam in diesem Moment das Wissen, mit dem er sich selbst heilen konnte. Er fühlte ganz deutlich, dass er in diesem Augenblick der Selbstliebe mit der göttlichen Quelle verbunden war und dass er durch diese Selbstliebe das Göttliche in sich bejahte.

»Wenn du so weit bist, öffne die Augen«, sagte Nina.

Robert öffnete die Augen und lächelte Nina an.

»Danke, Nina, das war einfach toll, ich fühle mich himmlisch!«

»Ich freue mich für dich, Robert. Mach diese Übung so oft du kannst. Spüre die Liebe und sei selbst die Liebe, das wird dir bei deinem Bemühen um Selbstheilung und Selbsterkenntnis helfen.«

»Ja, das werde ich tun, Nina.«

»Gut, dann lass uns weiter machen. Ich werde dir heute noch ein Werkzeug geben, das du jederzeit einsetzen kannst. Dieses Werkzeug ist ein sehr wirksamer Zauber, ein Zauber, der immer gelingt. Du kennst ihn bereits, denn jeder Mensch kennt ihn und setzt ihn andauernd ein. Nur wissen leider nur ganz wenige, dass er ein Zauber ist. Deswegen finden sich die Menschen in Situationen im Leben wieder, in denen sie gar nicht sein möchten, und machen oft andere dafür verantwortlich, dass es ihnen so schlecht geht. Aber in Wahrheit haben sie diesen Zauber eingesetzt und nicht einmal gemerkt, dass sie alles selbst zu verantworten haben. Denn alles, was einem Menschen in seinem Leben widerfährt, kommt aus diesem Zauber.«

»Was ist denn das für ein Zauber?«

»Der Gedankenzauber.«

»Gedankenzauber«, wiederholte Robert nachdenklich.

»Ja, ich rede von der Kraft deiner Gedanken, die dein Leben ausmachen. Alles entsteht aus Gedanken. Wörter und Taten sind die Folge von Gedanken. Und mit diesem Werkzeug erschafft man sich sein Leben. So wie Mutter-Vater-Gott alles erschaffen hat, was ist. Ich habe dir bereits viel von Gedanken erzählt und möchte, dass du jetzt lernst, diese bewusst einzusetzen. Gedanken erzeugen ständig irgendwelche Bilder in deinem Kopf. Deine Aufgabe ist es nun, konkrete Bilder zu erschaffen, die dich dorthin bringen, wo du sein möchtest. Das nennt man Vorstellungskraft.

Wir wollen gleich damit anfangen. Aber zuerst möchte ich dich etwas fragen. Wie würdest du dich fühlen, wenn du ganz gesund wärst?«

Robert musste nicht lange überlegen. »Hm, ich denke, ich würde mich wahrscheinlich frei und glücklich fühlen.«

»Gut, dann schließ die Augen. Atme zuerst tief ein und weit aus. Entspanne dich. Stelle dir vor, dass ein goldenes Licht aus dem Universum zu dir hinströmt, dich umhüllt und heilt. Und jetzt stell dir vor, wie du deinen Körper aufrichtest und ihn in eine sitzende Position bringst. Mal dir aus, dass du auf deinem Bett noch einen Moment sitzen bleibst und dann aufstehst. Sieh, wie du gehst, wie du einen Fuß vor den anderen setzt und dich durch das Zimmer bewegst. Stelle es dir so intensiv wie möglich vor. Male dir aus, wie es ist, gesund zu sein. Fühle dich frei und glücklich. Fühle deine Freude so intensiv du nur kannst. Wenn du soweit bist, öffne die Augen.«

Robert öffnete die Augen und sah Nina an, die gemütlich in ihrem Sessel saß.

»Danke, dass es dich gibt, Nina.«

»Gern geschehen. Robert, du solltest noch eins wissen: Wenn du dir etwas vorstellst, setze Gefühle ein, dann werden sich diese Bilder schneller manifestieren. Und jetzt lass ich dich allein, damit du schön weiter üben kannst. Wir sehen uns morgen nach dem Kindergarten. Tschüs!«

Nina wurde durchsichtiger und war bereits dabei zu verschwinden, als sie noch sagte: »Übrigens hast du schon angefangen, mit deinem Kaktus zu sprechen? Du solltest es unbedingt einmal versuchen.«

Dann verschwand Nina endgültig und mit ihr der rote Sessel. Die große Bahnhofsuhr zeigte fünf nach sieben. Robert hatte geschlagene zwei Stunden mit Nina geredet und geübt. Da seine Eltern immer noch schliefen, hatte er noch etwas Zeit für sich.

11

Robert beschloss, den Tag damit zu verbringen, den Gedankenzauber und die anderen Techniken zu üben, die ihm Nina beigebracht hatte. Er sollte auch mit der Zimmerpflanze reden, hatte sie gesagt. Allein schon den Gedanken fand er sehr belustigend.

»Also, ich werde zuerst mit dem Kaktus reden und dann die Übungen machen«, beschloss er.

»Hallo, Kaktus«, rief er munter. »Ich spreche mit dir. Nina hat gesagt, es wäre lustig, wenn wir uns unterhalten würden.«

Er wartete auf eine Antwort, aber nichts geschah.

»Hat sich Nina etwa über mich lustig gemacht? War das vielleicht ein Streich von ihr? Oder hat sie es doch ernst gemeint?« Robert grübelte eine Weile, dann beschloss er, es noch einmal zu versuchen.

»He, kleiner Kaktus im Topf, hörst du mich? Hallo!«

Nur das gleichmäßige Ticken der Bahnhofsuhr war zu hören.

»Na ja, vielleicht war die Sache mit den Pflanzen wirklich nur als Spaß gedacht. Ich sollte die Zeit wohl doch besser nutzen und mich an die Übungen machen.«

Robert konzentrierte sich auf seinen Körper und fing an bewusst ein-und auszuatmen. Er versuchte, das Gefühl von Liebe in seinem Körper zu erzeugen, aber es gelang ihm nicht wirklich. Seine Gedanken schweiften ständig ab und nur mit größter Mühe konnte er sich überhaupt auf sein Vorhaben konzentrieren.

»Ich an deiner Stelle würde es mal mit Farben probieren«, hörte Robert eine unbekannte Stimme in seinem Kopf.

»Wer spricht denn da? Nina, bist du das? Oder du, Schutzengel?«

»Du kannst mich nennen, wie du willst, aber ich bevorzuge den Namen Benny.«

»Was?«

Robert blinzelte mehrmals und wenn er seine Arme hätte bewegen können, hätte er sich wohl ungläubig die Augen gerieben.

»Was was? Du wolltest doch mit mir sprechen und jetzt blinzelst du wie ein Uhu.«

»Kaktus?«

»Ja, ja, der kleine mickrige Kaktus im Topf, wie du mich nennst. Na, was ist? Willst du dich nun unterhalten oder willst du nur blöd aus der Wäsche schauen?«

Robert war etwas verlegen. Er hatte nicht wirklich daran geglaubt, dass eine Pflanze sprechen könnte. Aber seit der ersten Begegnung mit Nina hatte er eigentlich aufgehört, sich über irgendetwas zu wundern, aber den Kaktus reden zu hören, war nun doch etwas ungewöhnlich.

»Doch. Klar will ich. Ich meine, mich unterhalten. Verzeihung, ich habe nur nicht erwartet, dich tatsächlich zu hören. Man spricht schließlich nicht jeden Tag mit einer Pflanze.«

»Ist schon gut, Robert, ich verstehe, was du meinst. Ich heiße Benny.«

»Hallo Benny! Es freut mich sehr, dich kennen zu lernen. Ich dachte zuerst, Nina habe Spaß gemacht, als sie sagte …«

»Ja, ja. Ich weiß, du hast ihr nicht geglaubt. Das habe ich gleich mitgekriegt, deswegen wollte ich dir eigentlich keine Antwort geben, als du mich zuerst angesprochen hast, Robert«, unterbrach ihn Benny.

»Aber ich kann einfach nicht mit ansehen, wie stümperhaft du versuchst, dich zu konzentrieren. So wie du die Übungen angehst, wird nie etwas draus, mein Lieber.«

»Aber was soll ich denn tun, Benny? Nina hat gesagt, ich soll die Körperübungen machen und mir vorstellen, ganz gesund zu sein.«

»Jetzt mach mal langsam, mein Junge. Alles will geübt werden. Es ist noch kein Meister vom Himmel gefallen. Ich werde dir jetzt ein paar nützliche Tipps für dein weiteres Vorgehen geben.«

Robert war baff. Jetzt hatte er auch noch eine Zimmerpflanze als Lehrer. »Was denn?«

»Farben! Ich bin der Meinung, du brauchst Farben, Robert. Es ist ganz einfach und sehr nützlich, mit Hilfe von Farben ins Gleichgewicht zu kommen.«

»Echt? Und wie macht man das?«

»Schließ deine Augen, mein Junge, und konzentriere dich auf meine Stimme, ich werde dich führen.«

Robert ließ sich nicht lange überreden, er war heilfroh, dass jemand bereit war, ihm bei den Übungen zu helfen – auch wenn dieser Jemand eine ziemlich vorlaute, eingetopfte Zimmerpflanze war. Er schloss die Augen und atmete tief ein und weit aus.

»Begib dich jetzt in deiner Vorstellung auf eine wunderschöne grüne Wiese. Die Sonne scheint in einem klaren, blauen Himmel. Du hörst die Vögel zwitschern und das melodische Plätschern des Wassers. Spüre, wie die Sonne dich wärmt und wie sich Ruhe in deinem Körper ausbreitet. Atme noch ein paar Mal in deine Mitte. Dann stell dir einen Regenbogen vor. Kannst du ihn sehen?«

»Ja«, antwortete Robert mit schwerer Stimme.

»Fabelhaft! Jetzt frag dich, welche Farbe dein Körper wohl braucht, um ins Gleichgewicht zu kommen.«

»Ich denke rot.«

»Rot. Wunderbar, Robert! Jetzt stell dir ganz bildlich vor, wie du diese rote Farbe in deinen Körper einatmest. Mal dir aus, wie die Farbe deinen ganzen

Leib füllt, wie sie sich in jede Zelle ausbreitet. Stell dir vor, wie sie dich umhüllt wie ein Kokon. Rot ist die Farbe des Lebens und der Liebe, es gibt dir Wärme, Vitalität und Lebenskraft. Es erwärmt deine Körperzellen und löst damit alle Spannungen und Belastungen.«

Es tat gut, sich mit der roten Farbe zu reinigen. Robert spürte, wie sie ihn wärmte und befreite. Er sah in seiner Vorstellung, wie ihn die Farbe völlig durchdrang und ihn auch von außen umhüllte.

»Wenn du genug im Rot gebadet hast, denke wieder an den Regenbogen«, fuhr Benny fort. »Frag dich noch einmal, welche Farbe du jetzt brauchst.«

»Grün!« Die Antwort kam wie aus der Pistole geschossen.

»Ausgezeichnet, du machst das sehr gut, Robert!« Bennys Stimme hatte etwas von einem Oberlehrer an sich. »Nimm jetzt die grüne Farbe und atme sie ein. Schicke sie in jedes Organ und jede Zelle deines Körpers und hülle dich auch damit ein. Grün ist die Farbe des Herzens. Grün harmonisiert, reinigt und heilt alte emotionale Verletzungen.«

»Heilung ist genau das, was ich brauche!«, dachte Robert begeistert und sah sich ganz in Grün gebadet. Es tat gut, eine Weile in dieser Energie zu bleiben, und er genoss es in vollen Zügen. Dann sah Robert erstaunt, dass sich das Grün langsam in Blau verwandelte.

»Jetzt sehe ich plötzlich Blau«, informierte er Benny.

»Das ist ja toll! Aus dir wird noch was, ich hab's ja immer gesagt. Atme das Blau in dich ein, so wie du es schon vorher mit den anderen Farben gemacht hast. Blau ist die Farbe der Klarheit und Reinheit. Blau stellt die Ordnung im Körper wieder her und aktiviert damit die Selbstheilung.«

Auch die blaue Farbe fühlte sich himmlisch an. Robert verspürte das Bedürfnis, den ganzen Tag in dieser blauen Energie zu baden.

»Das ist schon in Ordnung«, sagte der Kaktus, bevor Robert überhaupt etwas sagen konnte.

»Konzentriere dich weiter auf Blau, mein Junge, und gib deinem Körper Zeit, sich zu harmonisieren und umzuprogrammieren. Du kannst die Farbe je nach Bedarf wechseln, in dem du tief einatmest und dabei Blau oder je nach Impuls auch eine andere Farbe in deinen Körper einströmen lässt.«

Robert sank immer tiefer in seine Vorstellungswelt, bis er schließlich einschlief. Im Traum sah er sich selbst mit dem Engel auf dem lilafarbenen Planeten, auf dem überall riesige Kakteen wuchsen. Ein junger Indianer kam auf ihn zu. Er nahm eine blaue Rassel und schüttelte sie über Roberts Kopf. Dieser spürte im Traum, wie sich irgendein Knoten in seinem Inneren löste und ihn ein Gefühl von Spannung verließ. Der Indianer schaute ihn lächelnd an und verschmolz dann mit ihm, was Robert als ein Gefühl völliger Ganzheit wahrnahm.

»Wir wollen nachher spazieren gehen, magst du bis dahin fernsehen?«, fragte seine Mutter, als sie gefrühstückt hatten. Robert schüttelte heftig den Kopf.

»Nein?« wunderte sich die Mutter. »Sonst siehst du doch so gerne fern!« Robert schüttelte erneut den Kopf. »Sicher? Na gut, wenn du meinst. Magst du im Wohnzimmer bleiben, bis wir spazieren gehen?«

Ich will in mein Zimmer, weil dort Benny auf mich wartet«, dachte Robert. Er wackelte hin und her und gab seiner Mutter so zu verstehen, dass er nicht im Wohnzimmer sein wollte.

»Na gut, dann bringe ich dich in dein Zimmer«, sagte Anna und sah ihren Sohn besorgt an. »Ist mit dir alles in Ordnung?«

Robert nickte energisch und grinste sie an, um sie zu beruhigen.

»Na, dann komm!«

Anna trug ihren Sohn in sein Zimmer und legte ihn auf die Matte genau neben dem Kaktus, was Robert natürlich entgegen kam.

»Hallo Robert! Wie geht es dir?«, sagte Benny der Kaktus, als Roberts Mutter das Zimmer verlassen hatte.

»Hallo Benny. Gut. Es geht mir gut.«

»Ausgezeichnet! Ich wusste, dass du das sagen würdest.«

»Nur schade, dass wir nachher spazieren gehen müssen.«

»Aber wieso denn das? Frische Luft ist doch gesund! Du willst doch gesund werden, oder? Also brauchst du auch unbedingt frische Luft.«

»Aber du musst doch hier bleiben und dann können wir uns nicht mehr unterhalten.«

»Machst du dir Sorgen um mich oder um dich, Robert?«

»Um dich! Obwohl ... Obwohl ich auch nicht raus will. Das ist doch so langweilig, immer im Buggy zu sitzen und zuzuhören, wie sich die Eltern unterhalten.«

»So, so, ich verstehe!« Benny setzte wieder sein Oberlehrerkaktusgesicht auf, das Robert so lustig fand. »Also, nur damit du es weißt, ich fühle mich überhaupt nicht allein. Du brauchst dir also keine Sorgen um mich zu machen. Und was den Spaziergang betrifft, so liegt es ganz allein bei dir, ob du die Sache langweilig, lustig oder nützlich findest. Es liegt ganz bei dir.«

»Was meinst du denn damit nun wieder?«

»Ich meine damit, dass nur du entscheidest, wie du dich bei irgendetwas fühlen möchtest. Du hast den freien Willen, dich zu entscheiden. Du kannst zum Beispiel sagen, spazieren gehen ist langweilig, dann wirst du es auch so erleben. Du könntest aber auch sagen, spazieren zu gehen ist super aufregend, die frische Luft tut meinem Körper gut und die Kommunikation mit der Natur tut meiner Seele gut. Also, überlege dir, was sich besser anfühlt: Langweilig oder aufregend?«

»Aufregend klingt viel besser«, sagte Robert entschieden.

»Das finde ich auch. Nun entscheide dich dafür.«

»Gut, und wie geht das?«

»Ganz einfach, Robert. Sag dir einfach: Ich finde den Spaziergang gut oder lustig oder aufregend. Du kannst auch sagen, der Spaziergang bringt mir nur Nutzen und Vorteile. Formuliere es so, wie es für dich am besten klingt.«

Robert überlegte ein bisschen. Als er nicht zum Geburtstag von Tante Uta hatte gehen wollen, hatte Nina ihm gesagt, dass er Dinge, die nicht nach seinem Willen laufen, als schlecht bewerten würde.

Ich sollte Bennys Vorschlag annehmen und die Sache einmal aus einem anderem Blickwinkel heraus betrachten. Hat Nina nicht einmal gesagt, dass alles einen Geist hat? Die Wolken, Steine, Pflanzen und alles, was uns umgibt? Wenn ich schon mit einem Kaktus reden kann,

kann ich ja vielleicht auch mit allem reden, was mich umgibt.

»Spazieren gehen finde ich sehr lustig«, sagte Robert mit munterer Stimme zu Benny. »Der Satz klingt gut!«

»Ich freue mich über deinen Entschluss, Robert«, lobte ihn Benny.

12

Draußen herrschte in der Tat herrliches Wetter, denn der Frühling zeigte sich von seiner schönsten Seite. Die Sonne schien Robert direkt ins Gesicht und er genoss die Wärme auf seiner Haut. Tief und bewusst atmete er ein, so wie Nina es ihm beigebracht hatte. Er spürte, wie sich seine Lungen mit Sauerstoff füllten.

Das tut gut! Die Welt ist doch wirklich wunderschön! Soll ich versuchen, mit jemandem zu sprechen? Womit soll ich anfangen? Robert erinnerte sich an Ninas Worte, dass in jeder Materie Geist vorhanden ist.

Von der Vorstellung, dass in jedem Baum, jedem Strauch, jeder Blume, jeder Wolke, jedem Stein, sogar dem kleinsten Kieselstein ein Geist enthalten ist, wurde Robert ganz schwindlig.

Alles, was uns umgibt, ist lebendig. Und nicht nur Pflanzen, sondern auch feste Materie wie Steine sollen einen Geist besitzen? Was für eine Welt!

In diesem Moment sah er einen Jungen etwa in seinem Alter auf einen Baum klettern.

Ob das dem Baum wohl gefällt?

Robert dachte weiter nach. *Wenn alles, was uns umgibt, einen Geist enthält, warum spricht es dann nicht zu uns? Oder tut es das etwa? Hören wir nur nicht zu? Mit dem Kaktus rede ich doch auch, wieso kann ich dann nicht auch mit einem Baum oder einem Stein reden? Soll ich es probieren?*

Robert überlegte einen Moment, dann formulierte er einen Gruß: »Ich grüße alles, was mich umgibt! Ich grüße alles, was ich sehe!«

Kaum hatte er das gesagt, musste er an die Engel denken. Im Moment konnte er zwar keine Engel sehen, aber er wusste, dass es welche gab. Schließlich hatte er seinen Engel ja bereits kennen gelernt.

Er formulierte seinen Gruß neu. »Ich grüße alles, was mich umgibt, sowohl das Sichtbare als auch das Unsichtbare.«

Dann atmete er noch einmal ganz tief ein und aus und lauschte auf eine Antwort. Einem innerem Impuls folgend schloss er die Augen und spürte fast augenblicklich, wie sich eine wohltuende Wärme in ihm ausbreitete. Robert fühlte sich auf einmal ganz sicher und geliebt. Dieses Gefühl betrachtete er als Antwort auf seinen Gruß. Es war schön, eine Zeitlang in dieser Energie zu verweilen. Dann öffnete er seine Augen und betrachtete die Natur mit Dankbarkeit im Herzen.

»Ich möchte so gerne mit meinem Engel darüber sprechen«, dachte Robert ganz laut. Kurz darauf nahm er den Geruch von Vanillepudding wahr.

»Engel, du bist bei mir, oder?«, fragte er ganz freundlich.

Die Antwort kam ohne Verzögerung. »Ich bin immer bei dir, mein Junge, denn ich bin dein Schutzengel und begleite dich in all deinen Existenzen. Du kannst dich jederzeit an mich wenden. Ich freue mich, wenn du es tust.«

»Danke, lieber Engel!«

Roberts Augen füllten sich mit Tränen. Es war so schön, sich beschützt zu fühlen.

»Mein lieber Junge, ich erkläre dir gerne alles, was du wissen möchtest. Selbstverständlich kannst du mit allem, was dich umgibt, Kontakt aufnehmen. Früher lebten viele Naturvölker im Einklang mit der Schöpfung und kommunizierten mit den Geistern der Pflanzen, Tiere, Felsen, Elemente und allen lebenden Wesen. So erhielten sie Informationen darüber, welche Pflanzen sich zum Essen oder zur Behandlung bestimmter Leiden eigneten und konnten daraus Nutzen ziehen.

Die Informationen kamen immer von der Pflanze selbst. Auch wo sie Nahrung finden würden, erfuhren die Menschen damals von den Geistern der Tiere und von den Zeichen, die ihnen die Natur gab. Die Natur-und Tiergeister haben uns eine Menge mitzuteilen. Sie sagen uns zum Beispiel, wo man am besten ein Haus baut oder wo und in welcher Richtung man schlafen soll.

Aber in eurem normalen Bewusstseinzustand könnt ihr nicht mit ihnen kommunizieren, besonders die Erwachsenen haben dies völlig verlernt. Kinder hingegen haben bessere Chancen, weil sie noch in einem Zustand der Verbundenheit mit allem, was ist, leben. Daher können sie viel leichter mit Naturgeistern kommunizieren – allerdings nur, wenn sie daran glauben und es sich wünschen.«

Robert wurde auf einmal so aufgeregt, dass er fast schrie: »Oh, ich glaube, ich könnte das! Ich glaube, ich könnte mit der ganzen Welt reden.«

»Ja Robert, das kannst du tatsächlich. Das Wissen darüber ist in dir gespeichert. In vielen deiner früheren Existenzen warst du mit der Natur auf ganz besondere Art und Weise verbunden.«

»Was sind denn frühere Existenzen?«

»Leben, deine früheren Leben, mein Kind.«

Robert atmete tief ein. Es hatte schon immer kurze Momente gegeben, in denen er sich ganz fremd in diesem Leben gefühlt hatte, so als ob er in einem falschen Film gelandet wäre. Es waren nur flüchtige Momente, aber sie waren so echt, dass es Robert schmerzte, nur daran zu denken. Er konnte sich nicht erklären, was er sah, aber vor seinem inneren Auge tauchte immer dasselbe Bild auf: Vor einer Feuerstelle tanzte ein großer, kräftig gebauter Mann, der eine Trommel in der Hand hatte. Der Mann war barfuss und nur mit einem schwarzen Bärenfell bekleidet.

Hinter ihm saß ein großer Wolf und schaute ihm sehr aufmerksam zu.

»Du sagst also, dass ich schon einmal gelebt habe? Stimmt das?«

»Ja, so ist es.«

»Irgendwie wusste ich das schon immer!«

Robert wurde auf einmal klar, dass er das tatsächlich schon immer gewusst hatte. Das Wissen darüber war in ihm, er konnte es nur nicht klar formulieren. Er sah vor seinem inneren Auge wieder den Mann, der trommelnd um das Feuer tanzte. Bum! Bum! Bum! Robert hörte den vertrauten Klang einer Trommel in seinem Kopf dröhnen.

Bum! Bum! Bum! Ich bin der Mann, der um das Feuer tanzt, ich bin der Schamane. Jetzt kann mich wieder daran erinnern. Ich höre, wie die Geister der Pflanzen und Tiere, der Felsen und des Wassers zu mir sprechen. Ich kann sie hören, sie können mich hören. Der Wolf begleitet mich auf meinen Reisen durch die Welten.«

13

»Heute geht es dir aber gut, Robert. Du bist ja auf einmal so locker«, sagte Sarah, die Ergotherapeutin, erstaunt, als sie mit ihm das Körperprogramm durchging. »Hast du am Wochenende etwa eine Fee getroffen und hat sie dir drei Wünsche erfüllt?« Sie zwinkerte Robert verschwörerisch zu. »He, Leute, schaut mal, Robert kann seine Beine heute fast ausstrecken.«

Die vier Betreuerinnen, die mit anderen Kindern an der Pritsche arbeiteten, schauten zu Robert herüber.

»Was?« sagte Edith, die das Programm leitete, ungläubig. »Zeig mal! Das muss ich sehen.« Sie bat Anja, die neben ihr mit Markus arbeitete, Melissa zu halten, damit sie nicht von der Pritsche fiel, und ging zu Robert und Sarah herüber. Sie fasste Roberts Beine mit einem professionellen Griff, streckte und beugte sie.

»Robert!«, sagte sie erstaunt.

»Ich glaube, unser Robert wurde am Wochenende von einer guten Fee besucht«, sagte Sarah.

»Eine Fee, eine Fee«, fing Markus zu rufen.

Alle Kinder und Erwachsenen schauten Robert, der übers ganze Gesicht strahlte, mittlerweile an.

»Das ist wirklich ein Wunder«, sagte Edith und streckte und beugte seine Beine noch einmal.

»Ich will es auch probieren«, rief Anja, die Kinderpflegerin. »Ich auch!« kam es von Elke, der Erzieherin. »Und ich erst«, rief Martina, die Praktikantin, fröhlich.

An diesem Montag wurde nichts aus dem üblichen Programm, da Erwachsene wie Kinder viel zu aufgeregt waren. Schließlich geschah es nicht jeden Tag, dass ein spastisches Kind übers Wochenende so locker wurde. Eine nach der anderen fassten die Betreuerinnen Roberts Beine und Arme an und stellten zu ihrer aller Freude fest, dass sie sich wirklich lockerer anfühlten als sonst.

»Wir wollen uns alle an den Tisch setzen und etwas trinken. Vielleicht hat Martina ja Lust, uns allen ein Eis zu holen«, schlug Elke vor. Alle jubelten und freuten sich.

Es wurde ein sehr lustiger Tag für die Gruppe. Die Betreuerinnen machten viele lustige Sachen, die Kinder waren begeistert und lachten viel. Markus, dem es noch schwerer fiel als sonst, seinen Mund zu halten, sprach ständig von der Fee, die Robert einen Zaubertrank gegeben hatte. Das Eis schmeckte an dem Tag besonders gut.

»Weißt du was, Robert?«, sagte Edith mit ihrem netten ungarischen Akzent. »Ich hoffe, du hast nichts dagegen, wenn Daniel kommt und dich anschaut.

Ich möchte mich nämlich mit ihm beraten und möglicherweise ein neues Programm für dich ausarbeiten.«

Robert nickte. Klar hatte er nichts dagegen, er war sogar sehr froh, dass seine Übungen so schnell wirkten. Die zusätzlichen Übungen im Kindergarten würden ihn wahrscheinlich dabei unterstützen. Er fühlte sich heute körperlich wirklich sehr viel freier.

Ich kann es kaum erwarten, mich endlich in einen starken Mann zu verwandeln und um das Feuer zu tanzen! Was für ein schöner Tag, dachte Robert.

Danke, Nina, danke, Engel, danke Benny, danke Mutter-Vater-Gott! Ob Nina wirklich eine Fee ist, wie Markus sagt? Warum habe ich nicht selbst daran gedacht? Ich muss sie unbedingt danach fragen. Haben Feen auch einen Schutzengel? Jetzt fällt mir ein, ich kenne ja nicht einmal den Namen meines Schutzengels, ich hab ganz vergessen, ihn danach zu fragen. Aber vielleicht brauch ich seinen Namen auch gar nicht zu wissen, Schutzengel klingt doch sehr gut.

Die Zeit im Kindergarten ging heute sehr schnell vorüber. Daniel untersuchte Robert, beugte und streckte seine Beine und Arme, drehte und wendete ihn und sprach dabei ständig mit Edith auf Ungarisch. Dem Tonfall der beiden nach zu beurteilen, sah es für Robert gut aus.

»Robert, was hältst du davon, wenn ich ab jetzt zwei Mal in der Woche mit dir arbeite? Ich möchte nämlich eine neue Methode ausprobieren. Hast du Lust?«

Robert nickte erfreut.

Als Roberts Mutter zur Tür hereinkam, wurde sie sofort von allen Seiten mit Fragen bombardiert.

»Ach Frau Kopp, ihr Sohn ... Robert ... Es ist ein Wunder! Was haben sie nur mit ihm gemacht? Wie ist das möglich?«

Anna stand vollkommen verdattert in der Tür und verstand kein Wort. Sie hatte heute früher aus dem Haus gehen müssen und daher Robert noch gar nicht gesehen. David hatte sich um ihn gekümmert und ihn in den Kindergarten gebracht.

Edith nahm die völlig verblüffte Anna beiseite und erklärte ihr, dass Robert ab sofort ein neues Programm bekommen würde. Anna kamen die Tränen. Als sie ihren Sohn anzog, stellte sie fasziniert fest, dass er sich ganz anders anfühlte als sonst. Es kam ihr vor, als würde er einen anderen Körper bekommen.

»Oh, Robert, ich kann es noch gar nicht fassen. Ich bin so froh, dass du auf dem Weg der Besserung bist«, sagte eine überglückliche Anna unterwegs. »Das müssen wir sofort Papa erzählen. Wie wird der sich freuen!«

»Ah«, sagte Robert, was »Ja« bedeutete.

Annas Augen füllten sich mit Tränen der Dankbarkeit und sie begann sich laut zu bedanken:

»Danke, große Mutter Göttin, danke, Vater Gott, danke, liebe Engel und danke allen Lichtwesen. Danke, danke, danke. Ich vertraue, ich vertraue, ich vertraue darauf, dass alles gut wird. Danke, liebes Universum.«

Ja, ich danke euch auch. Mama spricht zu Mutter und Vater Gott, genau wie Nina. Und mit den Engeln, als ob sie alles weiß. Aber wer sind diese Lichtwesen, bei denen sie sich auch noch bedankt? Sind Engel vielleicht Lichtwesen? Aber bei den Engeln hat sie sich ja schon bedankt. Waren Lichtwesen möglicherweise...?

Er vollendete den Satz nicht, denn plötzlich war ihm ein Gedanke gekommen.

Feen? Meint sie vielleicht Feen?! Nina! Ist sie doch eine Fee? Weiß meine Mama von Nina?! Kann eine Zimmerpflanze auch ein Lichtwesen sein? Benny hilft mir ja bei meiner Arbeit auch ganz schön. Ist er vielleicht auch ein Lichtwesen ...?

Anna nahm Robert aus dem Wagen, trug ihn ins Wohnzimmer und legte ihn auf die Couch.

»Du wirst immer schwerer, mein Schatz. Ich finde, es wird langsam Zeit, dass du gesund wirst, ich kann dich nämlich bald nicht mehr tragen.«

Wem sagst du das, Mama, ich kann es kaum erwarten, mich selbstständig zu bewegen.

Natürlich hörte Anna kein Wort. Sie zog Robert Jacke und Schuhe aus.

»Ich fahre das Auto noch in die Garage«, sagte sie und ging.

»Hallo, Robert.«

»Nina! Da bist du ja! Oh, ich bin so froh, dich zu sehen!«

»Geht mir genau so. Na, gibt's was Neues?«, fragte sie mit einem verschmitzten Lächeln. Wahrscheinlich wusste sie bereits alles.

»Viel«, gab Robert grinsend zurück. »Darf ich dich aber zuerst noch etwas fragen?«

»Nur zu.«

»Bist du eine Fee?«

»Fee? Also, wenn du mich so fragst, eh ... unter Umständen schon. Möglicherweise.«

»Also bist du nun eine Fee oder nicht?«

»Ich entscheide mich für Ja. Fee klingt gut! Ja, du hast Recht, ich bin eine Fee.«

»Gut«, sagte Robert sehr zufrieden. Er war sehr stolz darauf, eine Fee zur Freundin zu haben. »Gehören Feen zu den Lichtwesen?«

»Aber klar, ganz ohne Zweifel, Feen sind Lichtwesen.«

»Und die Pflanzen? Was ist mit den Pflanzen?«

»Tatsächlich gehören auch die Pflanzengeister zu den Lichtwesen.«

»Das ist doch toll! Nina, du hast mal gesagt, dass nur ich dich sehen und hören kann, meine Mama aber nicht. Wie kommt es dann, dass sie sich bei

Mutter-Vater-Gott bedankt hat? Und auch den Lichtwesen hat sie gedankt. Hat sie damit dich und den stacheligen Benny gemeint?«

»Deine Mama kann mich nicht mit ihren Augen sehen. Den Kaktus allerdings schon«, antwortete Nina lachend. »Was ihr Gebet betrifft… Oft ist es so, dass die Menschen intuitiv wissen, was los ist, ohne dass es ihnen jemand erklärt hat.«

»Was heißt intuitiv, Nina?«

»Intuitiv sein heißt, auf die innere Stimme zu hören, die einem die Wahrheit verrät, oder aus dem Bauch heraus zu entscheiden. Deine Mama kann ihre innere Stimme gut hören, deshalb kamen ihr beim Beten spontan die richtigen Worte in den Sinn.«

»Hat jeder Mensch eine innere Stimme?«

»Ja, jeder. Diese innere Stimme nennt man auch Intuition. Das ist der Zugang zur höheren Quelle.«

»Meinst du mit Quelle Mutter-Vater-Gott?«

»Ganz genau.«

»Toll!«

»Oh, deine Mama holt dich gleich zum Essen, wir unterhalten uns dann später weiter. In Ordnung? Ich gehe inzwischen zu Benny und plaudere ein bisschen mit ihm.«

»Na, bist du hungrig, mein Liebling?« Anna nahm Robert auf den Arm und trug ihn in die Küche.

Als Robert später im Bett lag und seine Mutter das Zimmer verlassen hatte, nachdem sie ihm einen besonders herzhaften Kuss aufgedrückt hatte, erschien Nina.

»Hallo Nina«, sagte Robert und strahlte wie ein Honigkuchenpferd.

14

Robert saß angeschnallt in seinem Sitz und dachte nach, während seine Mutter das Auto durch ihm bekannte Strassen steuerte. Aber er bekam von seiner Umgebung gar nichts mit, weil ihm so viel durch den Kopf ging. Er staunte, wie sehr sich sein Leben verändert hatte.

Nina besuchte ihn regelmäßig, erzählte ihm Geschichten und erklärte ihm, was er zu tun hatte, um gesund zu werden. Außerdem hatte Robert jetzt einen weiteren Freund, mit dem er sich unterhalten konnte: Benny, den Kaktus. Der Schutzengel stand ihm immer mit Rat und Tat zur Seite und unterstützte ihn bei all seinen Bemühungen.

Roberts Leben hatte eine ganz andere Qualität bekommen. Erst am Wochenende beim Spazierengehen hatte er sich wieder in einem seiner früheren Leben gesehen. Er war ein Schamane, ein Mann, der andere Menschen bei ihrer Heilung unterstützte, mit den Geistern redete und durch die Welten reiste.

Mittlerweile beherrschte Robert die Körperübungen recht gut. Er atmete mit dem ganzen Körper, spannte und entspannte abwechselnd seine Muskeln, wie

Nina es ihm beigebracht hatte. Er arbeitete auch mit Farben, wie er es von Benny gelernt hatte und richtete seine Aufmerksamkeit immer mehr auf das Schöne, was ihn überall umgab.

»Da sind wir, mein Liebling. Heute ist es aber voll«, unterbrach Anna Roberts Gedankengang, als sie das Auto vor dem Kindergarten einparkte.

»Hallo, Robert, was macht deine Fee?«, begrüßte ihn sein Freund Markus, das Plappermaul. »Soll ich dir meinen Traum erzählen? Ich habe mit einem gefährlichen Drachen gekämpft und rate mal, wer gewonnen hat?«

Robert lachte fröhlich und nickte mit dem Kopf.

»Genau! Du hast es erraten, ich habe gewonnen.«

»Du bist unser Held, Markus«, sagte Martina. »Krabble schon mal zum Tisch rüber, wir wollen gleich mit dem Morgenprogramm beginnen.«

Martina fuhr den Buggy, in dem Robert saß, in den Essensraum und Markus krabbelte, ohne seinen Redefluss auch nur für eine Sekunde zu unterbrechen, hinterher.

Das allmorgendliche Programm startete wie gewöhnlich mit der Begrüßung, dann wurde wie immer das Wetter draußen besprochen, aber gerade als Edith mit den Handübungen beginnen wollte, gab Melissa ein seltsames Geräusch von sich und fiel vom Stuhl.

»Melissa!«

Edith stürzte zu ihr hin.

»Ruft sofort den Notarzt!«, sagte sie energisch. »Und bringt die Kinder in den anderen Raum.«

Martina nahm Robert aus seinem Stuhl und trug ihn auf den Armen in den anderen Raum. Er konnte gerade noch sehen, dass Melissa mit aschfahlen Gesicht auf dem Boden lag und Edith mit beiden Händen auf ihre Brust drückte.

»Ist die Melissa jetzt tot?«, fragte Markus Martina, als alle Kinder auf der Spielmatte saßen.

»Nein, wie kommst du denn auf so etwas? Ihr ist einfach etwas schwindelig geworden.«

Ich würde auch gerne wissen, was mit ihr los ist, dachte Robert. *Sie sah wirklich aus, als ob sie tot wäre. Hoffentlich wird sie wieder gesund. Ich wünschte, ich könnte ihr helfen. Aber was kann ich denn schon für sie tun?*

Ich bin ja selbst in einem kranken Körper gefangen, kann weder für mich selbst sorgen noch reden.

Er hielt kurz inne.

Moment mal! Ich kann sehr wohl reden! Nur nicht mit anderen Menschen, weil die mich nicht hören können. Aber mein Schutzengel hört mich. Das ist wahr, ich kann mit meinem Schutzengel reden. Benny hört mich auch und der ist ein Kaktus. Es ist eigentlich lustig, einen Freund zu haben, der in einem Topf wächst. Und Nina war der erste Mensch in meinem Leben, mit dem ich überhaupt gesprochen habe. Aber Nina ist ja kein Mensch, sie ist eine Fee.

Robert sah vor seinem inneren Auge den Schamanen um das Feuer tanzen. Bum! Bum! Bum! Er die Trommelschläge in seinem Kopf dröhnen.

Nina hat doch mal gesagt, dass man mit dem Geist imstande ist, überall zu sein und alle Hindernisse zu überwinden, weil alle fühlenden Wesen mit einem Geist ausgestattet und so miteinander verbunden sind. Sie hat gesagt, dass man sich mit Hilfe des Geistes mit allen anderen Wesen im Universum verbinden und mit ihnen kommunizieren kann.

Plötzlich schoss ihm eine Idee durch den Kopf.

Ich bin doch ein Schamane, also kann ich durch die Welten reisen. Ich muss mich nur daran erinnern, wie es geht. Ich kann mit Melissas Geist Kontakt aufnehmen und erfahren, was ihrem Körper fehlt. Vielleicht kann ich doch etwas für sie tun.

»Robert! Schläfst du, Robert?« unterbrach ihn Markus und zerrte an Roberts Arm. »Sie bringen Melissa ins Krankenhaus. Sie wird wahrscheinlich morgen nicht in den Kindergarten kommen.«

Robert seufzte. *Hier kann man sich nicht konzen-*

trieren, ich muss warten, bis Mama mich zum Schlafen hinlegt.

Der Tag im Kindergarten kam Robert wie eine Ewigkeit vor, aber endlich war er allein zu Hause in seinem Zimmer. Seine Mutter war in die Küche gegangen, um das Abendessen vorzubereiten.

»Endlich! Hallo, Benny!«

»Guten Tag, Robert!«

»Ist Nina noch nicht da gewesen? Sie hatte eigentlich vor, heute gleich nach dem Kindergarten zu kommen.«

»Bin schon da!« hörte Robert Ninas Stimme rufen. Und gleich darauf erschien auch Nina selbst und dann ihr roter Sessel.

»Nina! Benny! Ich muss euch etwas erzählen.« Robert verschluckte sich, weil er so aufgeregt war. »Heute im Kindergarten ist etwas mit Melissa passiert und sie wurde ins Krankenhaus gebracht. Ich mache mir große Sorgen um sie. Ihr Herz ist krank. Meint ihr, wir können ihr irgendwie helfen?«

»Ja, Robert, das kannst du. Du solltest es unbedingt versuchen«, meinte Nina.

»Ich? Allein? Ich hatte gehofft, dass ihr mir dabei

helfen würdet.« Robert schaute seine Freunde verdutzt an.

»Du wirst es schon schaffen. Wir glauben an dich und sind bei dir«, versprach Nina.

»Ja, wir glauben ganz fest an dich«, bestätigte Benny.

»Oh!« Robert hielt inne. »Womit soll ich nur anfangen?«

»Atme als erstes in deine Mitte und entspanne dich. Vertraue deiner inneren Stimme, deiner Intuition. Lass dich von ihr leiten.«

Robert tat, was Nina gesagt hatte. Er richtete seine ganze Aufmerksamkeit auf den Atem. Mit jedem Atemzug wurde er etwas ruhiger und gelassener. Er beobachtete, wie sich sein Bewusstsein immer weiter ausdehnte und nicht nur den Raum ausfüllte, sondern sich auch grenzenlos darüber hinaus ausbreitete, bis es alles umfasste. Roberts Verstand wurde vollkommen still, frei von allen Gedanken. Er wurde wie ein stilles Wasser in der grenzenlosen Quelle des Seins.

Bum! Bum! Bum!

Robert folgte dem Dröhnen der Trommel und lief auf einem engen Pfad durch einen dunklen Wald. Der Wolf begleitete ihn. Er spürte, wie die kalte Luft seinen Körper streichelte und fühlte das nasse Laub unter seinen Füßen. Mit jedem Schritt wurde der Trommeltakt lauter und schneller.

Bum! Bum! Bum! schallte es durch seinen Körper. Robert konzentrierte sich ganz auf seine Absicht, Melissa zu helfen. Dann wurde es auf einmal völlig still.

Er blieb vor einem Tunnel stehen, der nach unten in die Erde führte. Plötzlich stand sein Krafttier vor ihm, schaute ihm tief in die Augen und lief in den Tunnel hinein. Bum! Bum! Bum! Robert hörte wieder die Trommelschläge und folgte dem Wolf in den kühlen, dunklen Tunnel. Sein Haar streifte die Decke und er fühlte wie kalter Schmutz von der Decke auf seinen Kopf rieselte.

Der Schamane lief den Tunnel entlang und bat still darum, dass der Wolf am anderen Ende auf ihn warten möge. Gleichzeitig konzentrierte er sich wieder auf seine Absicht, Melissa zu helfen. Endlich sah er Licht am Ende des Tunnels. Als er nach draußen kam, wartete sein Krafttier auf ihn. Der Wolf bedeutete ihm zu folgen und brachte ihn zu einem großen Gebäude. Sie liefen durch lange Korridore, dann viele Treppenstufen hoch, dann wieder durch lange Korridore, bis sie von einer Tür standen. Die Trommel verstummte. Robert machte die Tür auf und ging mit seinem Krafttier an der Seite hinein.

Melissa lag an allerlei Schläuche und Maschinen angeschlossen auf einem Bett. Ihr Gesicht sah blass und leblos aus. Neben dem Bett saß ihre Mutter und hielt ihre Hand.

Robert kam näher. »Guten Tag«, sagte er höflich, aber Melissas Mutter nahm keine Notiz von ihm.

»Ist ja klar, sie kann mich ja weder sehen noch hören«, fiel Robert ein. »Ob Melissa es kann?«

Er stellte sich direkt neben das Bett und beugte sich über Melissas leblosen Körper. »Melissa, kannst du mich hören?«

Keine Reaktion, nichts regte sich. Robert wusste einen Moment lang nicht, was er nun tun sollte.

»Nina, Benny, was jetzt? Helft mir doch! Engel, mein lieber Schutzengel, hilf mir bitte! Was soll ich als nächstes tun?«

»Atme!«, hörte er es in seinem Kopf.

Robert atmete ein paar Mal tief in seine Mitte und roch kurz darauf den vertrauten Geruch von Vanillepudding.

»Danke!«

»Vertraue deiner inneren Stimme. Lass einfach geschehen, was geschehen soll«, hörte er Nina sagen.

Bum! Bum! Bum!

Robert nahm Melissas Hand und zog sie hoch. Dann liefen die beiden vom Dröhnen der Trommeln beleitet durch den dunklen, kalten Tunnel. Wieder roch er den Geruch nasser Erde. Vor ihnen lief der Wolf. Sie bewegten sich dem schimmernden Licht am Ende des Tunnels entgegen.

»Möge geschehen, was geschehen soll!« flüsterte Robert.

Als sie aus der Öffnung des Tunnels kamen, sah er vor sich, wie ein Haus durch die gewaltige Explosion einer Bombe in sich zusammenstürzte. Ein kleines Mädchen stand starr vor Schreck davor und wurde durch einen herab fallenden Betonbrocken begraben.

Der Wolf schaute Robert fest in die Augen und lief dann auf die Stelle zu, wo sich gerade die schreckliche Szene ereignete. Wie durch ein Wunder kam das Mädchen unter dem Schutt hervor gekrochen und lief auf den Wolf zu. Der Wolf brachte sie zu Robert und Melissa und als Melissa sie berührte, verschmolzen die beiden miteinander.

Bum! Bum! Bum!

Robert lief mit Melissa durch den Tunnel zurück. Als sie herauskamen, waren sie wieder in dem Zimmer, in dem Melissas Körper auf dem Bett lag. Das Mädchen schaute Robert dankbar an, ging zu ihrem Körper und verschmolz mit ihm.

Robert sah, wie Melissas Körper anfing sich zu bewegen und wie sie die Augen öffnete. Die Mutter unterdrückte einen Schrei, schlang ihre Arme um den kleinen Körper ihrer Tochter und brach in Tränen aus.

In diesem Augenblick spürte Robert, wie der Raum langsam verschwand. Er nahm wieder seinen Atem wahr und wurde sich bewusst, dass er auf dem Bett in seinem eigenen Zimmer lag.

Er öffnete seine Augen. Nina stand neben ihm und lächelte.

»Das hast du gut gemacht, mein Freund«, sagte sie und lächelte ihn an.

»Ja!«, sagte Robert nur. »Danke.« Er war hundemüde.

15

Als die Kinder am nächsten Tag im Kindergarten gerade bei ihren täglichen Übungen waren, läutete das Telefon. Es war Melissas Mutter, die erzählte, dass Melissa aus dem Koma erwacht sei und es ihr sehr gut gehe. Die Ärzte seien von ihrer plötzlichen Genesung völlig überrascht gewesen, fügte sie hinzu. Dann sagte sie noch, dass ihre Tochter alle ganz herzlich grüßen lasse – und ganz besonders Robert.

Robert wurde ganz heiß im Gesicht.

War ich das etwa? Hat meine Visionsreise tatsächlich etwas bewirkt?

Er fühlte sich überglücklich, es war ein unbeschreiblich schönes Gefühl, jemandem geholfen zu haben.

Als Robert heute morgen auf der Fahrt zum Kindergarten mit seinem Schutzengel gesprochen hatte, hatte der ihm erklärt, dass er sein früheres Wissen aus vergangenen Existenzen angezapft und eine schamanische Reise unternommen hatte, um einen verlorenen Seelenanteil von Melissa aus einem anderem Leben zurück zu holen.

Das Mädchen, das so plötzlich bei der Explosion gestorben war, hatte sich nicht vollständig von dem damaligen Geschehen lösen können. Ein Teil ihrer Seele blieb an den Ort gebunden, an dem sie gestorben war. Ohne diesen Anteil konnte Melissa aber in ihrer jetzigen Existenz kein gesundes Leben führen. Nach der Seelenvereinigung bekam sie die Lebensenergie zurück, die ihr bisher gefehlt hatte, was ihr die für die Selbstheilung nötige Kraft gegeben hatte.

Der Engel erklärte Robert weiter, dass es bei einem traumatischen Ereignis manchmal geschieht, dass ein Teil der Seele eines Menschen an einen Ort oder eine Situation gebunden bleibt. Und dies selbst dann, wenn dieses Ereignis in einer früheren Existenz liegt. Man kann aber mit der Kraft des Geistes in dieses frühere Leben reisen und den fehlenden Anteil holen, um ihn wieder mit der Seele zu vereinigen. Schamanen können zwischen den Welten reisen und nach verlorenen Teilen suchen. Aber man kann auch die Engel um Hilfe bitten und zum Beispiel im Traum die Seelenvereinigung erfahren. So war es Robert ja selbst im Traum ergangen, als er mit seinem verlorenem Seelenanteil verschmolzen war.

Der Tag im Kindergarten verging wie im Flug. Die Betreuerinnen und die Kinder waren aufgrund der Nachricht von Melissas Mutter fröhlich und sehr gut gelaunt. Robert hatte sein persönliches Übungsprogramm mit Daniel durchgearbeitet. Dieser war sehr zufrieden und versicherte ihm, dass sie schon in der nächsten Woche anfangen würden, mit einem speziellen Rollator das Gehen zu üben.

Als Robert nach dem Abendessen im Bett lag und sich mit Benny über den heutigen Tag unterhielt, erschien Nina.

»Hallo Jungs!«, sagte sie gut gelaunt.

»Hallo, Nina«, gab Robert zurück. Benny sagte nichts. »Weißt du schon, dass es Melissa wieder gut geht? Sie ließ mich durch ihre Mutter grüßen. Meinst du, dass sie von der Visionsreise weiß?«

»Schon möglich. Es könnte sein, dass sie sich daran erinnert, so wie man sich an einen Traum erinnert.«

»Ach, ich freue mich einfach riesig, dass es ihr gut geht und dass sie wieder gesund wird«, sagte Robert lächelnd.

»Ja, das wird sie. Wir freuen uns auch darüber«, meinte Nina. »Aber ganz besonders freuen wir uns über deine Fortschritte, Robert. Du machst es prima! Nur weiter so, mein Freund.«

Robert wurde ganz rot im Gesicht. Es fühlte sich toll an, gelobt zu werden. Aber auf einmal spürte er eine unerklärliche Trauer in seiner Brust.

»Nina ... Du bist doch meine allerbeste Freundin. Ich möchte ... Ich möchte, dass du immer bei mir bleibst«, sagte er stockend. Er sah sie unsicher an. »Du wirst doch bei mir bleiben, oder?«

»Oh, Robert, ich habe dich auch sehr gern und selbstverständlich werde ich immer bei dir in deiner Gedankenwelt sein. Aber unsere gemeinsame Zeit im Hier und Jetzt ist leider schon um. Ich muss nämlich weiter.«

»Wieso denn das? Warum willst du denn weg?« Robert traute seinen Ohren nicht. Das konnte doch unmöglich wahr sein.

»Ich bekomme ein neues Leben.«

»Wieso?«

»Weil ich es möchte.«

»Aber dann sehe ich dich ja nie wieder!«

»Wir werden uns wieder sehen, Robert, ganz bestimmt. Du weißt doch, dass alle Lebewesen im Geist miteinander verbunden sind. Und deshalb, mein Freund, sind wir nicht wirklich getrennt und bleiben immer im Geist vereint. Das ist der größte Zauber unserer Welt, der Gedankenzauber.«

»Aber du kannst doch noch nicht gehen«, schluchzte Robert verzweifelt. »Was ist denn mit deiner Geschichte? Du hast mir doch deine Geschichte noch gar nicht zu Ende erzählt. Ich muss doch wissen, wie sie ausgegangen ist.«

»Ja, du hast Recht. Einverstanden! Du sollst erfahren, wie es bei mir weiterging, obwohl es eigentlich nicht mehr viel zu berichten gibt«, sagte Nina und begann zu erzählen.

»Ich arbeitete an meinem Körper, so wie der Engel es mir erklärt hatte. Ich konzentrierte mich auf Liebe und Glück. Ich stellte mir so intensiv wie möglich vor, gesund zu sein und zu strahlen. Tatsächlich fühlte ich mich von Tag zu Tag besser. Meine Fortschritte wurden von allen bemerkt und alle freuten sich darüber.

Nach einer Weile gelang es mir, meinen Kopf zu heben und dann sogar, mich umzudrehen. Im Lauf der Zeit und durch das stetige Üben erlangte ich langsam Kontrolle über meine Bewegungen. Ich lernte, mit den Händen zu greifen und den Körper zum Sitzen aufzurichten. Eines Tages hatte ich das Gefühl, dass sich in meinem Hals etwas löste und meine Stimme wieder kam.

So fing ich an, das Sprechen zu üben. Ich sagte mir »Ich will wieder sprechen können«, und glaubte fest daran, dass ich es schaffen würde. Ich fing mit den Selbstlauten an. Zuerst mit A, dann E, dann übte ich U, bis es sich wie ein U anhörte, dann machte ich mit den anderen Selbstlauten und später auch mit den Mitlauten weiter.

Der treue Ellan begleitete mich bei meinem Prozess. Schon nach relativ kurzer Zeit gelang es mir, einfache Wörter wie Mama, Papa, Ja und Nein zu sagen. Meine Eltern waren außer sich vor Glück über meine Fortschritte. Mein Papa verbrachte jetzt jeden Abend mit mir, er las mir viele interessante Geschichten vor und erzählte mir, was er am Tag alles erlebt hatte. Ich war sehr glücklich.

Meine Mama weinte nicht mehr, nur manchmal vor Glück, zum Beispiel als ich zum ersten Mal Mama sagte oder bei anderen sichtbaren Fortschritten. Bald bekam ich einen Rollstuhl, ich war überglücklich, mich endlich bewegen zu können. Überall im Haus wurden die Teppiche weggeräumt und die Möbel so verrückt, dass ich durch die Räume fahren konnte ohne irgendwo anzustoßen.

Es reichte mir aber nicht, mich mit Hilfe eines Rollstuhls bewegen zu können, ich wollte auf meinen eigenen Beinen stehen und gehen. Deshalb arbeitete ich unermüdlich weiter. Schon bald bekam ich Krücken zum Laufen, dann einen Gehstock. Irgendwann konnte ich ganz ohne Stütze laufen. Meine Sprache hatte sich ebenfalls rasch entwickelt. Meine Mama unterrichtete mich, bei ihr lernte ich schreiben, lesen und alles, was Kinder in meinem Alter wissen sollten. So endet meine Geschichte, Robert.«

»Und was ist weiter passiert?«

»Na was wohl? Ich bin erwachsen geworden, habe mich in einen hübschen Jungen verliebt und ihn geheiratet. Wir bekamen fünf Kinder und lebten glücklich, bis wir gestorben sind.«

»Wie gestorben?«

»So wie die Menschen eben sterben, wenn sie ein langes zufriedenes Leben gelebt haben, in Frieden.«

»Dann bist du ja tot!«

»Ach, komm schon, Robert, wie kann ich denn tot sein? Ich spreche doch mit dir, oder? Es gibt keinen Tod, das Leben geht immer weiter!«

»Aber du hast doch gerade gesagt, dass du gestorben bist.«

»Ja, ich habe den Körper verlassen, den meine unsterbliche Seele eine Zeitlang bewohnt hat. Diesen einst so kranken Körper habe ich lieben gelernt und ihn durch diese Liebe geheilt. Ich habe ein langes glückliches Leben in ihm verbracht und ich liebte und pflegte ihn bis zum letzten Atemzug. Dann verließ ich ihn und meine Seele stieg in den Himmel auf. Ich habe beschlossen, mich nicht sofort wieder zu verkörpern, sondern eine Zeitlang als geistige Helferin für einen kleinen Jungen zu wirken.«

Robert starte Nina ungläubig an.

»Wer ist denn dieser Junge?«

»Na, wer wohl?« Nina stupste Roberts Nase. »Du natürlich! Wer denn sonst?«

In Roberts Kopf drehte sich alles. Er verstand kein Wort.

»Aber du bist doch ein Mädchen! Und keine alte Frau.«

»Ja, Robert, das stimmt. Weil ich mich wie ein junges Mädchen fühle, erscheine ich dir in dieser Gestalt.«

Sie sah ihn einen Moment nachdenklich an, weil er so verwirrt aussah. Dann fragte sie behutsam: »Bist du jetzt enttäuscht, dass ich doch keine Fee bin?«

»Nein, natürlich nicht, aber für mich bist und bleibst du trotzdem eine Fee.«

»Danke!«

»Dann sehe ich dich morgen nicht mehr?«

»Nein. Aber du hast doch deinen Schutzengel. Wende dich nur an ihn, er wird dich weiter führen. Und Benny ist doch auch für dich da. Außerdem hast du wieder Zugang zu dem alten Wissen in dir. Du kannst mit den Geistern reden und durch die Welten reisen.«

Roberts Augen füllten sich mit Tränen.

»Werde ich auch wieder ganz gesund?«

»Ganz gewiss, Robert, denn dein Wille ist stark. Ich glaube ganz fest an dich. Durch deine neue Einstellung und deine Erfahrungen wirst du nicht nur dir selbst helfen können, sondern auch vielen anderen Kindern wie Melissa. Das ist nämlich deine Bestimmung, deine Lebensaufgabe. Du kennst nun das Geheimnis des Gedankenzaubers, wende es an und gib es großzügig weiter. Denke immer daran, alle Veränderungen liegen in dir und es wird sich immer das manifestieren, worauf du deine Aufmerksamkeit richtest.«

Nina sah Robert liebevoll an. »Jetzt muss ich aber wirklich los. Auf Wiedersehen, mein Freund.«

»Tschüss, Nina«, sagte Robert und schluchzte laut. »Danke für alles!«

»Gern geschehen. Wir sehen uns! Bis dann.«

Nina verschwand und mit ihr der rote Sessel.

Aber auf dem Schreibtisch stand Ninas Blumenstrauß aus weißen Rosen in einer Vase, die in allen Farben des Regenbogens leuchtete.

»Bis dann, Nina«, flüsterte Robert.

Epilog

Robert stand auf der Terrasse. Der laue Frühlingswind spielte mit seinem Haar. Im strahlend blauen Himmel war nur eine einzige Wolke zu sehen, die einem Mädchen in einem langen Kleid ähnelte.

»Hallo, Nina! Schön dich zu sehen. Sieh doch, ich hab's geschafft.«

Robert fasste seine Gehstöcke fester und ging ein paar Schritte, um sein neu erworbenes Können zu demonstrieren.

»Weißt du was, Nina? Bald schaffe ich es, ganz ohne Stützen zu laufen. Darauf kannst du deinen roten Sessel wetten! Bis zu meinem neunten Geburtstag sind es noch zwei Wochen.«

Die Wolke veränderte sich ein bisschen, so dass es aussah, als würde ihm das Mädchen zuwinken.

»Ich weiß, Nina, ich bin auch sehr stolz, dass ich es geschafft habe.«

»Mit wem sprichst du denn da, mein Schatz?«, rief Roberts Mutter vom Haus aus.

»Mit einer Fee, Mama. Sie ist nämlich meine allerbeste Freundin.«

Wenn Sie mehr über die Arbeit von Lumira erfahren möchten, besuchen Sie die Website www.lumira.de

NATUR PUR STATT CHEMIE: EIN GESUNDES BEAUTY-KONZEPT FÜR JEDEN TYP

Selbstgemachte Kosmetik aus natürlichen, rein veganen Zutaten, möglichst aus dem eigenen Garten, und in langjähriger Praxis erprobte mentalen Methoden sind das Geheimnis von Lumiras jugendlicher Schönheit und Vitalität. In Wort und Bild erfahren ihre Leserinnen und Leser Schritt für Schritt, wie sie selbst ihre Körper- und Schönheitspflege auf eine gesunde und umweltbewusste Basis stellen können.

Ca. 208 Seiten, durchgehend vierfarbig illustriert
Klappenbroschur, 23 x 18 cm
€ 22,00 [D] / € 22,70 [A] / CHF 31,50
ISBN 978-3-905836-17-2

Erscheint Anfang November 2013